Ⓢ新潮新書

眉村卓
MAYUMURA Taku

妻に捧げた1778話

069

新潮社

妻に捧げた1778話／目次

毎日一話

そろそろ妻の一周忌というある日、私は、大分前に連れ合いを亡くしたというある女性から、次のような話を聞いた。

「夫が亡くなったときに、忠告してくれた人があるんですよ。これから一年間は、新しいことを始めてはならない。きっと判断を間違う。変になっているから——というわけです。後になって、本当にそうだと思いました」

その通りなのだろう、と今の私は思う。妻の死以後を考えると、たしかにそうなのだ。しかし、変になるといえば、私の場合、妻の手術と入院以後、すでにそうなっていたのではあるまいか（もともと変わっていると言われるかもしれないが）。そして今となっても、その状態を否定する気はない。それはそれで私にとって、ひとつの時期だった、と考えるからである。

一九九七年——平成九年の六月十二日、新幹線で帰阪中、私は車内アナウンスで呼び出された。まだ、誰もかれもが携帯電話を使っている時代ではなく、私も持っていなかったのだ。かかりつけのK医院の若先生からであった。妻はその前日から腹痛を訴えていて、K医院に行ったのだ。若先生によれば虫垂炎のようだから、すぐに開腹手術ということで父上の院長先生が車で天王寺の大阪鉄道病院に運び、入院させて下さったとのことである。

鉄道病院に回り、一度帰宅して入院生活に必要な品々を持って行くと、手術は聞いていたより長くなったとのことで、まだ終わっていなかった。

ほどなく、麻酔でまだ眠っている妻が病室に運ばれて来て、私は、執刀の松井英《すぐる》先生から、妻が進行性の悪性腫瘍であると告げられた。その夜初めて会った松井先生によれば、腫瘍は小腸だが腹膜にも播種《はしゅ》があり、原発は大腸だと思われる——とのことである。縫合不全がないとしても、はっきりとは言ってもらえなかったが、どうも余命は一年少々らしく、五年生存の可能性はゼロとのことだった。

初めは現実と思えなかったが、まぎれもない現実なのである。翌朝、東京に住んでいるひとり娘も帰って来て、妻の入院生活が始まった。

松井先生の勧めもあって、私は妻に、余命が一年少々らしいということだけは伏せて、あらましを話したのだ。

手術後の経過は順調で、七月の初めには退院になり、それからは、注意して普通の生活をしながらの通院になった。

こちらとしては、妻に身体的・精神的苦労をさせないように努める以外、できることはない。妻と話し合って、いわゆる健康食品も摂取し、少し後には、前から癌だったという同業の光瀬龍さんが、自分が服用している別の健康食品を送って来て下さったので、それも併せて飲むようになった（光瀬さんは一九九九年の七月に亡くなられ、妻の希望もあって、一緒に告別式に行ったのだ）。とはいえそうした健康食品がどの位効果があったのかは、私にはわからない。当然ながら頼りにするのはあくまでも病院と松井先生なのだ。

妻が退院してから、私は考えた。

何か自分にできることはないだろうか。

思いついたのは、毎日、短い話を書いて妻に読んでもらうことである。

文章の力は神をも動かすというが、もちろん私は、自分の書くものにそんな力があるとは信じていない。

ただ、癌の場合、毎日を明るい気持ちで過ごし、よく笑うようにすれば、体の免疫力が増す——とも聞いた。

妻の病気以来、私は外泊しなければならぬ用はできるだけ断り、原稿書きの仕事も最小限にするように努めていた。なるだけ一緒にいるようにし、手助けもするとなれば、そうならざるを得ないのである。週に二回、大阪芸術大学へ教えに行ってもいるのだ。

しかし妻とすれば、自分のせいで私の仕事に悪影響が及ぶのが嫌だったのだろう。もっと書かなければと言う。

だったら、原稿料は入らないけれども、妻のために面白い話を書けばいいのではないか？　いや、なりゆきしだいでは、それだって実績になり収入につながってくるかもしれない。これまでショートショートはかなり書いてきているから、つづけられる自信もあった。

書いたら読んでくれるかと尋ねると、元来本が好きな妻は、読もうと頷いた。

で……七月十六日から書き始めたのである。

妻の入院・手術の日から数えると、一か月以上も後である。当初は動転もしていたし、とてもそんなことを考える余裕がなかったのだ。妻の状態がある程度安定していたから、やってみようという気になったと言える。

だが、そんな事情で、病気の妻ひとりを読者とするのだから、私は、書くものに自分で制約を設けることにした。

まずは枚数。長いものを書くほどの時間はないのだから、短くせざるを得ない。といって、間に合わせの手抜きにはしたくなかったので、四百字詰め原稿用紙で三枚以上とする（実際には、一編平均で約六枚になった）。

エッセイにはしない。必ずお話にする。

当然ながら私も、内輪のお義理のものにはしたくない。一編一編、商業誌に載ってもおかしくないレベルを保持するつもりで、妻にもこのことは宣言した。

病人の神経を逆なでするような話は書かない。病気や人の死、深刻な問題、大所高所からのお説教、専門用語の乱発、効果を狙うための不愉快な視点などは避ける。

また、ラブロマンスや官能小説、不倫なども、書かない（もともと不得手なのだ）。

話に一般性を持たせるため、固有名詞はなるべく使わず、アルファベットのＡＢＣを順番に出し、一巡したらまたＡから始める。もっとも、わけのわからぬ変な固有名詞は、一種の味つけになるのでこの限りではない。

夢物語でも荒唐無稽でもいいが、どこかで必ず日常とつながっていること。

若い人には面白くなくても構わない。

——といったところだろうか。

正直な話、これだけ制約を設けると、ショートショートとして書くものは限られてくるが、それでいいではないか。ショートショートでなければ超短話でも指先小説でもよろしい。この中で自分がどれだけやれるかの挑戦なのだ。かえってファイトが湧くというものである。

そして肝心なのは、読んであははと笑うかにやりとするものでありたい、ということだった。

今となってみれば、これらの制約をきちんと守り通せたかと問われると、必ずしもそうではなかったと答えざるを得ない。ことに、妻の意識がもうろうとしてきて、枕元で読むようになり、もはや聞いてもらえなくなってからは、制限を取り払ってしまったのである。

あれは、始めてから三か月位経ったときだろうか。

「しんどかったら、やめてもいいよ」

と妻が言った。

お百度みたいなもんやからな、と私は答えた。中断したら病状が悪化する気がしたのだ。

私が書いたものに対しての妻の反応は、こちらが予期していた通りだったときもあるが、おやと思ったことも少なくない。大笑いしてくれると期待していたのに微苦笑になったり、私が全然考えもしていなかった連想を口にしたり、で……私は、これほど長く一緒に暮らしているのに、自分には妻のことがろくにわかっていなかったのではないか――と、たびたび思い知らされたものだ。

このことと、みずから設けた制約の中での話作りをつづけることで、書くものはしだいに変わって行った気がする。百や二百のアイデアは持っていたし、思いついたアイデアを毎日メモに記入してもいたが、自分の中にあるものがじわじわと見えてきて、ひとつひとつをどうひねるか、新しいスタイルはないか、こういう扱い方もあるのではないか、と工夫をこらさざるを得なくなってきたのだ。発想そのものも、以前には考えつかなかったようなものが出てきて、しかし、そのときは自覚しなかったけれども、しだいに歪《ゆが》んで行ったようである。

妻の病気とは関係のない離れたところでの短い話のはずだったのに、やはり、その病状の変化と進行には無関係ではいられなかったということでもあろう。

だが書きつづけている間ずっと、不思議なことのようだが、私は、一日に一編書くというのを、(時間のやりくりで必死になるときはあったが)辛いと思ったことは一度もない。なすべきことをしているという充実感に似たものさえあったのだ。考えようでは書くことが現実からの逃避になっていたのかもしれない。

闘病五年

退院後、妻の容態は安定していた。かたちの上ではこれまで通りの毎日で、一緒にスナックに行ったときなど、妻は、「私は脳天気だから」と言ったりしていたが、やはり、気落ちしていた感じである。といって、わけもなく頑張れ頑張れと言うのは逆効果になりそうで、病院での診察や検査の結果を素直に受けとめながら最善を尽くし、普通の生活をつづけたのだ。

主治医の松井先生は、無用の気休めは口にせず、状況を説明して、安心させてくれたり、ときにははっぱをかけたり、また注意事項を告げてくれたりした。冗談が上手で、妻を笑わせたりする一方、最近の療法の情報も教えて下さったりしたのだ。妻は、いい先生に当たったとよろこび、信頼していた。私も娘も同様である。松井先生にはどの位力づけられたかわからない。いまだに先生に感謝している。そういう先生に当たったのは幸運だったのだと思う。

八月には家族で海水浴に行ったりもした。

私は毎日書きつづけた。原稿は万年筆での手書きで、修正書き込みのない清書にしていた。完成品として読んでもらうためである。原稿の末尾には、書いた年月日をしるした。

このことを、私はいろんな人に話した。近頃どうしている？　どんなものを書いている？　と問われると、ありのままを答えるしかなかったのだ。妻が、折角の原稿なのに売れないのかと言うし、こっちも売れないようなものを読ませていると思われたくないので、発表する機会があれば——という気があった。

ある出版社から、どんなものなのか見せてくれないかとの話があり、私は、百回以上になっている原稿を見てもらった。けれどもそこは、うちでは売る自信がないということで返して来た。私としても、当世そんな短話、それも制約だらけの作品が、そう簡単に活字になるわけはないと内心思っていたので、やっぱりな、と、落胆したのである。

しかし、年の暮れに、今度は別の出版社——出版芸術社の社長の原田裕さんが、ある会合の席上で私の話を聞いて、読みたいと言ってくれた。原田さんは、東都書房にいたとき、昭和三十八年に私の最初の長編を刊行して下さった人である。

年が変わって平成十年、私はすでに二百回を超えていた原稿を、コピーを取って返してもらう約束で、出版芸術社に送った（オリジナルは全部手元に置いておきたかったからで、結果として今でも全編、部屋の隅に積み上げてある）。

原田さんから、面白いから抜粋のかたちで本にしようとの電話があった。私よりも妻のよろこびのほうが大きかったようである。

タイトルは、「日がわり一話」ということになり、二百回までのうち四十九編を収めて、平成十年の五月二十日付で刊行された。

そのときには当然ながら、また作品が溜まっており、原田さんは断を下して、第２集を出して下さった。第２集には、前回に割愛したものも加え、平成十年七月八日の368番目「極小名刺」までのうち、四十七編が収録されている。

この『日がわり一話』『日がわり一話・第２集』を出すにあたって、出版芸術社は、当たり前の話だが、ショートショートとしての出来のよさ、面白さを目安に作品を選んだとのことである。

だがそれでも、今も述べた通り、そういうショートショート集が売れるご時世ではないのだ。それも、制約だらけで、六十代の妻のために書かれたものなど、ろくに相手にされないのは仕方のないなりゆきである。原田さんは、病気で助からない妻のために毎日書いているということを、もっと宣伝しなければ、と言ってくれたが、その頃の私には、妻の病気を売り物にするようで、できなかった。ちょうどその時分に、ある女性週刊誌が、美談として書きたいので取材に応じてくれと申し入れて来たのに、逃げてしまったりしていたし、一方、このことを知った口の悪い学校時代の友人などが、

「お前、そんなことをするなんて、よっぽど嫁さんに悪いことしてたんやろ」

と、ひやかしたり、また、ある文人が、笑いながら、

「これは、はた迷惑な本ですなあ」

と言ったりしたことも、私の気持ちに影響していたのである。

なるほど、私のしていることは、愛妻美談と見るのも可能かもしれない。だが同時に

周囲を意識したパフォーマンスとされかねないのもたしかである。とにかく私としては、自分に何もできないゆえのあがきであり未練でもある――という感じがあって、素直にはなれず、他人の思惑を気にしている余裕もなかったのだ。

この『日がわり一話』のことは新聞で紹介されたりした（このとき、産経新聞の記者が、私がお百度みたいなものでと言っていたのを、比叡山の千日回峰行《せんにちかいほうぎょう》のような、と書いてくれた。私は、千回まで妻が保つだろうかと考えながらも、そんな書き方をしてくれたことが、うれしかったのだ）。また、その後のことになるが、『日がわり一話』『日がわり一話・第2集』に入っていない作品を、散発的ながら、あちこちの媒体に発表する機会もあった。ありがたいことだと思う。

妻の体調は悪くなく、この平成十年にも海水浴に行ったりした。松井先生によれば、癌の成長速度が遅いとのことで、このぶんではうまくすれば、癌との共存で長持ちするのではないか、と私たちは話し合ったものだ。癌というのはつまりは体の一部であり、無理矢理ねじ伏せようとしたりするより、適当になだめすかして存在を許容しながら大きくならないようにし、共存を図るほうがいい（これは何となく、国家と反体制勢力の関係に似ている、と私は考えたりしたのだが、どうであろう）——という話を、読んだり聞かされたりしていたのである。

あれこれ問題が出たりしながらも、妻の病状は基本的には安定していて、翌平成十一年の五月には、二人でイギリスに短い旅行をした。行けるうちに海外旅行をしておこうというわけだったが、これなら当分大丈夫ではないかとも思っていたことは、否定できない。

しかしながら七月になって小さな切除手術を受けることになり、八月下旬には腸閉塞の症状が出て、大手術になった。手術後暫《しばら》くは水も飲めず、九月下旬まで入院したのである。

何とか手術を乗り切った妻は、それでも結構元気で、枕元で私が、

「花でも買って来て置こうか」

と言ったのに対し、夢うつつで、

「花より水」

と返事をし、みんな笑ってしまうということもあった。

退院は九月二十二日である。以後あっちこっちがおかしくなったりしながらも、また通院生活に戻った。

だが私の脳裏には、手術後松井先生が見せてくれた切除した小腸の量の多さがこびりついていた。

その間にも日は過ぎ……私はひとつの決心を固め始めたのである。

これまで書いた短い話を、全編、本にしよう。

出版してくれるところなどないのは、わかっている。

自費出版でいい。

貯えがそうたくさんあるわけではないけれども、このために使い果たしてしまっても構わない。後は何とかやって行けるだろう。

その本を、私たちのことを気にかけて下さっている方々に送るのだ。

高校時代の先輩、それも同じ俳句部の先輩に田中芳夫という人があり、兄弟で真生印刷という印刷会社をしていた。高一で初めて訪ねたときには七人の印刷所だったが、今は本社ビルも持つ堂々たる企業になっている。田中芳夫さんは工場長で、いくつか俳句雑誌などの発行も引き受けていた。

その真生印刷に頼んでみよう。

世の中には多くの出版請負の会社があり、そういったところに頼むほうが手間はかからない。なのにわざわざ印刷本業の会社にしたのは、こちらの状況を知ってくれていて、いろんな無理も聞いてくれるだろうと考えたからであった。

本は、一冊に百回分を収める。これまで『日がわり一話』などに収録されたものや、発表したものも、すべて入れる。作品番号も書いた年月日もしるす。

最初の作品①から始めるのだから、当然、書いた時点と本ができる時期には、ずれが生じるわけだ。で、本ができるそのときどきの、妻やこちらの様子を別に書いて、折り込みとして付ける。全集の月報みたいにだ。この「月報」には、収録した作品のうちいくつかについてのコメントや、私のエッセイ、娘の文章なども入れ、昔から遊び半分で描いている私の稚拙なイラスト（マンガ？）も加えれば、ご愛嬌になるかもしれない。

全部で何巻になるか、私の願いとすれば（経済的問題は別として）多くなればなるほどいい。

通しタイトルは、書いた原稿をまとめて置くさいにしるしている「日課・一日3枚以上」とする。

妻は賛成した。

とはいえ、計画を練り上げ真生印刷と相談し、具体的作業に入るまでには、大分時日を要した。

一冊めの原稿を渡したのは平成十二年の四月末。校正をし、折り込みの刷り物（「卓通信」とした）の原稿を入れたのが、六月である。

平成十二年八月八日付で、第一巻があがった。

話を聞いた毎日新聞の記者が取材に来て、私と妻は第一巻を手に、インタビューを受けた。記者にしてみれば、その事情とわざわざの自費出版に、興味をそそられたようだ。

その写真は夕刊に大きく出て、妻はびっくりしながらも楽しそうであった。のみならず、その記事を読んで、読みたいと申し入れて来られる方が次々と出て来て、こちらはそこまで考えていなかったので、部数を増し、実費（安くはなかった）で購入して頂くことになった。ありがたい話だ。自費出版で出すことにしてよかった――と私は思ったのである。

もっとも、世の中には病気になった人やその家族が数え切れないほどいるのに、こんなことでこんな扱いをされていいのだろうかという申しわけのない気持ちもあったのを白状しなければならない。

とはいえ、妻の体調は、上下しながらもじわじわと下降をつづけていた。

最近のさまざまなロボットを展示するという「ロボフェスタ関西二〇〇一」なる催しの企画があり、私に手伝わないかとの話があったのは、その頃である。企画から実施まで一年の長丁場で、私は二の足を踏んだ。しかし話を持ちかけてきた俳人の木割大雄《きわりだいゆう》さんが、

「大丈夫やて。眉さんがそれで頑張ったら、きっと奥さん、良うなるから」

と言うのだ。

妻に相談すると、やったらええやんか、とはっぱをかけられた。私が新しいことに手をつけようとせず家に居ることが多いので、もっと外に目を向け、新しい情報も持ち帰って欲しい——ということだったようである。

手伝うことにした。

結果として、私はさっぱりみんなの手助けにならなかったとしか思えないが、時間をとられたのは事実であった。

それに、『日課・一日3枚以上』の折り込みの原稿書きが、予想以上に負担になってきたし、大学行きもある。短話書きを最優先にしての毎日はきつかった。きつかったけれども、精一杯にやっているという実感が支えになったのだ。

平成十三年――二〇〇一年になった。

それまで私は、ひょっとしたら妻が迎えられないかもしれない二十一世紀という言葉を、努めて口にしないようにしていたのだが、これで少し楽になった。口にしないといえば、大阪鉄道病院が近くの場所に建て替えられることになっていて、家族は暗黙のうちに新しい病院について触れるのを避けていたのが、この前年末に引っ越しが完了して、そちらに通うようになったので、問題は消滅したのである。

三月に妻は、短い入院をした。一週間で退院だったのだ。

「ロボフェスタ関西二〇〇一」は七月末に終わった。

七月末で書いたのは一四七七回となり、『日課・一日3枚以上』は第九巻まで来ていた。九月の私たちの四十二回めの結婚記念日には、一五〇〇編を超え、『日課・一日3枚以上』も第十巻が本になる（『日課・一日3枚以上』は、ここらで一休みしようと考えているうちに、妻の病状悪化やその他の事情で、それどころではなくなり、第十巻でおしまいになった）。

日本ペンクラブで一緒に仕事をしている高橋千劔破《ちはや》さんが、これを記念して「眉村卓・悦子夫妻を励ます会」を開こうと言ってくれた。ペンクラブの有志の方々に在京の娘も加わって準備が進められたのだ。妻は「死んでも行く」と言った。

パーティは二〇〇一年九月十八日に、東京會舘で行われた。たくさんの方がお見えになって、華やかな会になった。松井先生も来て下さったのである。長く会わなかった妻の旧知の人々も駆けつけてくれて、妻にとっては（そうだと信じたいが）最上の日になった。

だがそれ以後、妻の病状は悪化して行った。ショック症状も三回ばかり出て、抗癌剤が使えなくなってきたのである。妻にとってパーティが一種の達成感をもたらしたせいか……いや、パーティを開かなくても経過は同様だったかもしれないので……やはり開いてよかったのだと思いたい。

年末には、体調が崩れ、襲ってくる痛みの回数も強さも増した。それでも二〇〇二年――平成十四年一月二日には、恒例の住吉大社への初詣でを娘と三人で何とか果たしたのであるが、どんどん悪くなってゆくのは明らかであった。

三月には松井先生から、これはさすがに妻のいないところで、そろそろ寿命と思ってくれとの話があった。四月上旬からは歩行もままならなくなり、十五日には入院の運びになったのである。私と娘は交代で、終わりの頃には二人とも病院に泊まった。妻は入院して少しは持ち直したかに見えたものの、また悪化し、痛み止めの薬によってしだいに眠っているときのほうが多くなり、五月二十七日の深夜過ぎ――二十八日に永眠した。六十七歳だった。最初の入院・手術の日から数えて五年に十五日足りない。

私は、遺体と共に家に帰り、家で「最終回」という話を書いた。一七七八本めの――打ち止めである。

一日一話 その一

ショートショートとは何かについて、いろんな人が定義らしいものを述べているが、ここでそれらをしるすのは、長くなるからやめておこう。ただ、英語では短編をショートストーリーと言い、それよりもうんと短いからショートショートストーリーと呼ぶようになったらしい。そして一般に言われているのが、オチが不可欠、あるいは重要だということ。それに、ショートショートの語が入って来る以前から、日本には掌編小説とか超短話という言葉があったせいか、ショートショートはミステリ・SF系のものに対して使われることが多いようだ。

妻を読者として書いた私の話は、その意味で、ショートショートの場合もあり、大分違っていることもある。要するに短い話なのだ。それも、次々と書いて行くうちに傾向も変化し、手法も手を変え品を変えということにならざるを得なかったのだから、どう呼んだらいいのか、自分でもまだ思いつけずにいる（短話ではどうだろうと考えたりもしたが、中国の人に、短話とは短編小説だと教えられた）。

そんなわけで私は本稿の中ではショートショートと言ったり別の呼び方をしたりで、一定していないが、お許し頂きたい。そもそもが、オチがないのも多いのだ。

この本に載せた作品は、当然ながらそのごく一部で、選んだ基準にしても、出来の良し悪しより、書きつづけている間のこちらの気持ち・手法の変化とその傾斜——ということを優先させた。そのあたりを読み取って頂きたいのが、私の願いである。

ここでは、先に述べた『日がわり一話』『日がわり一話・第2集』や、あちこちに掲載された作品は、除外してある。それらをすでにお読み下さった方に、ああまたこれかと言われかねないからだ。といっても、『日課・一日3枚以上』は全編を途中まで収録したから、各巻百話掛ける十の1000までは活字になっている。それをみな外しては全体の感じがつかんでもらえないだろう。で……1000までの中からは四編を抜き出した。後期のほうがずっと多くなったことをお断りしておきたい。こっちは完全未発表作品である。ああ……それと、最後の二編は新聞やテレビで紹介されたのだが、これはどうしても入れておきたいので残すことにした。ご了解頂ければ幸いである。

14 騒音吸収板

通販雑誌の新製品特集を読んでいたぼくは、へえと思った。

騒音吸収板というのが、あったのだ。

記事によるとそれは、二枚の透明なプラスチックの板の間に特殊な材料を挟み込んだもので、材料もまた透明だから、一見ガラス板のようだという。

この特殊な材料というのが、直接ぶつかってくる音波を受けとめ、音を消すというのだ。そのぶん、材料も少しずつ変質して黒くなってゆき、音波吸収力も落ちるらしいが、なかなか有効——とある。むろん音というのは、一方向を遮断しても周囲から入って来るので、全部の音は消せないものの、まともにやって来るのはさえぎってくれるから、それだけで大分違うらしい。

説明では、音の強さによって差はあるけれども、新興の住宅街あたりなら、吸収力の低下率は一か月に〇・五パーセント程度とあった。

これは、使えるのではないか?

わが家は、新興住宅街ではなく、昔ながらの町中にある。家々がびっしり立ち並んでいるし、表をしょっちゅう車が通る。

だがそんなことよりも厄介なのは、隣家なのだ。犬を飼っているがこれが昼夜構わずよく吠える上に、ピアノの勉強をしているらしく、思わぬときにひびいてくるのである。ぼくの書斎の窓が、とても一メートルはない隣家の壁に直面しているから、考え事をしているときなど、やめてくれといいたくなるのだ。

書斎の窓に、これを張ったらどうだろう。

まあそんなことをしても、表からや別の窓から入って来る音は防げないだろうが、かなり違うのではあるまいか。

ぼくは、窓の寸法を測り、適当な規格の板を選んで申し込んだ。

騒音吸収板はすぐに送られて来た。

書斎の窓の、ガラス戸と障子のさらに内側に取り付けるのは、結構手のかかる作業になった。ぼくが不器用なせいもあるが、ほとんど丸一日かかったのだ。

効果は、てきめんだった。

これまで机の前のぼくを直撃していた犬の声とピアノの音が、ずっと遠いものになったのである。

しめしめ。

ぼくは満足した。

「ああ、あの騒音吸収板を取り付けたんだって?」

いったのは、都心に小さな事務所を構えている友人である。「あれ、うちも一度やってみたが、さっぱりだったなあ」

「どうして」

ぼくは尋ねた。

「だって、うちの事務所、大通りに面していて、やかましいだろう？　窓全体に取り付けるのに時間も金もかかったのに、日毎にどんどん暗くなって、半月もしたら真っ黒になってしまったんだ。事務所に来る人が、日光が怖いんですか、なんていいやがるんだよ。取り外すのに、また手間と費用がかかった。もっと高性能なのが出れば別だけど、あれじゃ役に立たないなあ」

と、友人は答えたのだ。


町中の、雑音と車のひびきと犬の声とピアノの音にさらされていた書斎の窓は、三、四か月のうちに真っ黒になってしまった。黒い板を張り付けているのと変わらなくなったのだ。

ぼくは、騒音吸収板を取り外した。不器用なので、手にけがをした。

新しいのを取り付けても同じことになるだろうから、やめた。代りに、書斎の窓の前に本棚を動かしてきて、窓をふさいだのだ。効果はないよりましという程度だが、どうしようもないではないか。

通販雑誌はまだ購読している。読むのが楽しいからだが……商品を買うのは、慎重になった。

（九・七・二九）

101 作りものの夏

リフレッシュ・クラブというのがあって、学校の先輩がそこの理事になっている。

リフレッシュ・クラブとは、中高年の人々が元気を取り戻すためのものだそうで、加入資格年齢には上限ならぬ下限があるという。プールとか、樹々の間の遊歩道・ガーデンセットとか、小さなパーティ会場があったりして、それらはみな、中高年向きに設計されているのだそうだ。

たしかに年齢からいえば老人だが、私はそうした施設には興味がなかった。しかし何かの拍子に顔を合わせたその先輩に、近頃は老眼が進んで少し暗いともう本が読めないとこぼしたところ、一度うちのクラブを覗きに来いよと誘われたのだ。

「ま、正確な数字は知らないが、人間、六十代になったら、二十代の頃の半分も光を感じなくなる、というような話があるよ」

と、先輩はいった。「それを、今度、若い頃に還ったような感じになってもらおうと、とても明るいドームを作ったんだ。動く立体映像もふんだんに取り入れて、なかなかのものだよ。来てみて気に入ったら、会員になってくれ」

そのとき私の頭をよぎったのは、昔読んだ未来小説であった。ドームの中に作られた本物そっくりの海辺、というのが出て来たのである。

そういうものが実際に出来る時代になったのか。

晩秋の夕方、私はそのリフレッシュ・クラブを訪ねた。そういえば、未来小説で主人公がドームに足を踏み入れたのも晩秋だったはずである。

広い敷地に、林といくつかの建物があるのだった。

出て来た先輩は、私をそのドームに案内した。

ドアの奥の短いトンネルを抜けた私は、そこで立ちつくした。

不定形の大きなプールがあり、そこかしこにビーチパラソルやデッキチェアが置かれている。泳いだりお喋りしたりしている人々の中には、若い男女もいた。先輩の説明では、若い男女は従業員だそうだが、きわめて自然に振る舞っている。

プールの向こうは、海であった。ここが高台になっているのだ。波がきらめき、真っ白な雲が流れている。

そして私を圧倒したのは、光であった。ぎらぎらと輝く日光が、空間すべてに満ちているのだ。

これは、本当の夏だ。

いや。

それは、かつて若い頃に私が感じていた夏であった。眩しい光の氾濫なのであった。

やわらかな風が吹いて来る。

かもめが何羽か、上昇・下降を繰り返してから去って行った。

こういう眩暈《げんうん》を味わうのは、何年ぶりのことだろう。何年ぶりではない。何十年ぶりといわなければならない。

私は、若い時分の気持ちを取り戻していた。あの頃の、すべてが新鮮で世界が未知のものだらけだった感覚になっていた。

先輩と私は、デッキチェアに腰を下ろして冷たい飲み物を飲んだ。私はとうに上衣を脱ぎ、シャツのボタンを外していたのだ。

「だがいっておくが、あそこは毎日は行かないほうが体にはいいんだ」

外へのトンネルを歩きながら、先輩はいった。「何といってもあそこは、自然の光よりも明るくされている。でなければ中高年の人に、昔の夏の明るさを与えることが出来ないからだが……そのぶん、目や皮膚には強烈過ぎるんだな。備品の褪色や劣化もひどく速いんだよ。ま、ときどき来て、気持ちを若返らせるというのが、適当なんだ。だからクラブとしても、十日に一度、それ以上は利用出来ないように、チェックしているよ」

「……」

「まあ良ければ、入会してくれ。要は利用の仕方なんだ」

先輩は頷いてみせ、私は礼を述べてクラブを出た。

眼前には、晩秋の夜景があった。常よりはずっと暗く思える夜景である。

私は歩きだした。

クラブに入るかどうかは、まだ決心がつかなかった。

（九・一〇・二四）

224 古い硬貨

電車の切符を買おうと、券売機に硬貨を入れた。

必要金額きっかりを入れたのだが、ちゃりんと音がして、一枚が戻って来たのだ。

つまみ上げて、また押し込んだ。

やはり、戻って来る。

券売機が受け付けないのだ。

こういうことは、ときどきある。硬貨が磨耗しているとかその他の事情で、券売機が働かないのである。しかし券売機であろうとそれ以外の自販機であろうと、それほど精密で正確ではないらしく、しつこく何度も入れているうちに受け付けてもらえる場合が多い。

だが、そんなことをしている暇はなかった。

電車が来るというアナウンスが流れ始めたのだ。

小銭入れから別の硬貨を出して、追加した。

切符が出て来た。

急いで自動改札口を抜ける。

戻って来た硬貨は、次に使ってまた駄目なら手間がかかるので、小銭入れにではなく、ズボンの小さなポケットに突っ込んだのであった。


帰宅してズボンをはき替えていると、昼間のその硬貨が落ちた。

拾い上げて眺めると、たしかに、大分擦り減っている。

それもそのはずで、四十五年前に作られた硬貨なのだ。

こんな古いものが、まだ使われているのか。

四十五年前というと、私が高校を出て大学に入った頃である。

が。

私は硬貨を見直した。

模様の下の平らになったところに、小さな傷のようなものが、いくつかある。拡大鏡を持って来て調べると、Aという文字、その横にB、またその横にCと……Eまで彫られているのだ。

記憶がよみがえって来た。

大学に入って間のない時期に、勉強に飽きた私は、退屈まぎれに硬貨を出し、ナイフで文字を刻みつけたことがある。通貨にそんなことをしてはいけないのはわかっていたけれども、どの位小さな文字でちゃんと刻めるかと、面白半分にやったのだ。

彫ったのは、Aという字だった。

なぜAにしたのかといわれても……別に、しかるべき理由があるわけではない。何でも良かったのである。

これは、そのときの硬貨ではないか？

ずっと昔のことなので、私は、自分が刻んだ文字の形までは覚えていない。ただ、ていねいに彫ったのはたしかで、これがそうだといわれれば、そうかもしれないという気がする。

もしも私が文字を刻んだのがこれだとしたら……回り回って、四十五年後に再び私のところに来た、ということになるのであった。

しかし、そのときはAだけである。

この硬貨には、A、B、C、D、Eと五つの文字が並んでいるのだ。

さらに子細に調べると、ひとつひとつの文字には違いがあった。ずさんにやや歪んで刻まれているのもあれば、きちんと正確な直線で深く彫ってあるものもある。

とすると、一個一個の文字は、それぞれ異なる人間が刻んだのではないか？

だとしたら……。

私は想像した。

誰かが、この硬貨に小さなAという文字があるのに気づき、その横にBと刻みつけ……それからまた別の者が、今度はCと彫って……四十五年のうちに、Eまで来たということではないのか？ それぞれが、どんなつもりでどんな状況でやったのかは知る由もないが、結果として、こういうことになったのではあるまいか。

不思議な気分であった。

その硬貨をどうするか、である。

私の手に入るまでは使われていたのだから、使おうとすれば、何度も券売機に入れ直すことで使えるだろう。

送り出した後、誰かが、F以降の文字を刻み付けるかもしれない。何なら私が今度はFの文字を刻んでから、送り出してもいい。

だがそうなると、もはや私の手許に戻って来ることはあるまい。のみならず、そのうちにもっと磨耗し、熔《と》かされて永久に姿を消すに違いないのだ。

それでは、何となく惜しい。

とりあえず私は、それを保管することにし、フィルムが入っていた容器にしまって、置いてある。いつまで置いておくかも決めていないが……自由に旅をするはずの、ひょっとしたらまた新しい文字を刻み付けられるかもしれない硬貨をストップさせているのは、硬貨に対して申し訳ないような気持ちもあるのだ。

（一〇・二・二四）

自己注釈

書き始めて暫くのうちは、とにかく書くのだとの気持ちが先行していたから、一作ごとに手探りしていた気味がある。ショートショートとしての出来はどうかということが頭にいつもあり、かつ、読んでいる間の妻が病気のことを忘れてくれたらという願いもあって、アイデア主体になっていた――とも言えそうだ。実際、後になって『日課・一日3枚以上』をいろんな方に読んで頂くようになってから、何人かに、「初めのほうのは、戸惑いが感じられるね」と言われたりした。

14「騒音吸収板」

音を吸収することで劣化するフィルターというのは、ありそうに思えたのであろう。妻は真顔で、「こんなの、あるの？」と私に尋ねた（私は知らないが、もうできているのかもしれない）。

101「作りものの夏」

年を取ると明るさを感じる力が落ちる、とは、よく言われることだ。それでも若い頃のような明るさを求めるとすれば、こうならざるを得ないであろう。同年（正確には妻は早生まれで、おまはん――私の家では、あんたの代わりに、おまはんという言い方をしていたのだ――は昭和シングルだけどわたしはダブルだ、と威張っていた）の妻だからわかってくれる、とあてこんだけれども、ノーコメントであった。

224「古い硬貨」

この硬貨が作られた年代は、私と妻が付き合いだした頃、ということにしている。それがどうしたと言われればそれまでだが……。ああ、私は硬貨に文字を彫りつけたことはない。もしもそんなことをしていても、こんな具合に手元に戻って来る確率は、極めて小さいだろう。

新制中学

次の文章は、『日課・一日3枚以上』第四巻につけた折り込み「卓通信」第四号のために書いたのを、少し修正したものである（書いたのは、平成十二年の十一月）――。

今となっては、昔の話だが……短大に非常勤講師で行っていた頃、提出された学生作品の中に、次のような文章があった。

私たちの中学校は、昭和の初期に創立されたもので、云々。

である。

表現としては、正しい。

現在の中学校は、戦後の改革の一環として、昭和二十二年に設立された。中には、高等小学校から移行したものもあるので、全部がそうだとはいえないものの、基本的には一斉にスタートしたわけである。だから、わざわざ私たちの中学校は、と言われると、ぼくなどには妙な感じがするのだ。

でもまあそれはいい。

うーんといってしまったのは、その昭和二十二年が、昭和初期と書かれたことであった。

すでにそのとき、昭和は六十年代に入っていたのだから、昭和二十二年は、どう考えても初期に相違ない。

それがぼくの頭では、昭和二十年から後になると、そこで社会体制が変わり自分もその中にあったせいで、いわれてみるまでそんな感覚はなかったのだ。

もうひとつ。

これはぼくがMBSラジオの深夜番組のパーソナリティをしていた頃なので、一九七〇年か一九七一年のことだけれども、番組に参加した若いリスナーに尋ねられて、つい、ぼくは新制中学の一期生でと答えたところ、

「新制とはまた古いなあ」

と笑われてしまった経験がある。

そうなのだ。

現代の中学は、現行の中学であり、とうに新制なんかではないのである。

何しろ、五十年以上もつづいているのだ。

それだけに、新制中学が出来た頃のことなんて、すでに霧のかなたになった感がある。

ぼくはその時期のことを（多少類型化し戯画化もしたが）『とらえられたスクールバス』＝現題『時空《とき》の旅人』の中で、時間航行の過程の光景として登場させたことがある。しかし若い人の何割かは、ぼくの想像であり作り話だろうと言ったのだ。

たしかに、今思い出してみても、笑ってしまいたくなるような事柄が、よくあった。

ターザンごっこで、教室の窓のところから廊下の窓に飛び移っていて、窓の外まで行ってしまい、二階から落下した者がいる。

腕時計が高級品だったので、試験のとき目覚まし時計を机に置いたクラスメートがあり、答案提出五分前にその目覚まし時計がジリジリと鳴りだしたので、仰天したことがある。

校舎が老朽化していて外壁に多くの材木を立てかけて支えていたのを幸い、先生が黒板に向かって何か書いている間に、窓からその補強材をつたって教室から脱走する者も、珍しくなかった。

ぼく自身、米の飯の弁当が無理なため（水筒に薄い雑炊を入れて持って来る奴もいた）昼食時には家に食べに帰っていたが、それきり午後は学校に戻らない——というのはしょっちゅうだった。

この時分の話を、ぼくはまだ本格的には書いていない。そのときどきの世の中のことや自分の独断的な思いもこめて書けば、との気もするけれども、ろくに読んでもらえないだろうし、やっぱり空しいようにも思えるのだ。

ところで、ここでこんなテーマを持ち出したのは、いわゆる旧制と新制の違いみたいなことを、述べたかったのである。

繰り返すが、ぼくは新制中学の一期生である。ということは、小学校（正しくは国民学校）の六年生から中学三年まで、上級生というものがいなかったことを意味する。

誰もが行く中学校だから、当然、どうしようもなく乱暴な奴や、何をいっても理解しようとしない連中がまじっている。その中で例えばクラス全体として何かをするとなると、クラスの合意が形成されるまで、大変だった。

一方でぼくたちは、旧制中学の人々を意識していた。旧制の中学校は義務制ではなく、入学試験がある。つまりかれらは小学校を出てから選抜された人間で、プライドも高かった。旧制中学校は五年制だったから、学制改革で新制高校になったとき、併設新制中学というものを作った。いずれその高校の生徒になるはずの中学生である。初めからの新制中学生とは違う。

ここであまりこのことを論じても仕方がないが……どうしても想起してしまうのは、以前、もう故人になった評論家の山本明氏が、

「旧制の人間と新制の奴らは、司会をさせるとすぐにわかる。旧制の人間は、では××しますというのに、新制の連中は、××させて頂きたいと思いますというんだ。なぜ、させて頂いたり思ったりしなければならないんだ?」

と指摘したことである。山本明氏は旧制の出身であった。

これは、中学に入るさいに選抜を受けた人々と、みんな一緒にそのまま中学に入った人々との、自意識の差ではなかろうか、と、ぼくは考えたものだ。つまり、人の上に立つことになるその予備軍と、雑多な混成集団では、他人たちへの訴えかけのやり方が違うということである。

いや。

昔話もいいところだ。

だが、こういうことは、人間社会である限り、どんな世代の間にもあるのではないか？ かたちや質は違っていても、ないはずはないのだ。

ぼくと妻は、高校の同期生で、教科によっては同じ教室で授業を受けた。そのせいで、こうした問題については同世代としての会話が成立するのだが、そのこと自体、新制中学的といえるのかもしれない。

どうもあまり今日性も一般性もない話だった——という気がするけれど、今回はこのへんで。

妻と私

初段

私と妻は、中学校は違うが、高校では一緒であった。といってもクラスは別で、国語選択（古文）などの時間は同じ教室だったのである。親しくなったのは高校を卒業してからのことだ。

そんなわけで私は、高校時代の私についての印象を、結婚してから聞かされることになった。

「頭の大きな人やなあ、と、みなで話していた」

と、妻は言ったのである。私たちのクラスが体操の時間に、教室から眺めていたらしい。

ま、仕方のないことであった。実際、私の頭囲は大きいが、それよりも、体がひょろりとしていたのだ。俳句部と新聞部に籍を置く典型的な文化クラブ系人間で、スポーツらしいスポーツは何もしていなかったのである（高一の初期にちょっと野球部にいたことがあるけれども、硬球や硬球用グラブを買う金がなく、第一、運動オンチでまるでさまになっていなかったようだ）。

しかし高三のとき担任の先生に、いつまでも青白き文学青年ではあかんぞとはっぱをかけられ、一念発起した。この前後の経緯については、長くなるから省略する。一念発起して、何とか大学に入れたのを幸い、柔道を習い始めたのだ。初めから柔道部に入部したら悲惨なことになりそうなので、町道場に入門して頑張った。道場が休みの日は頼んで開けてもらい、受け身の稽古をして帰る——という調子で、秋には二級になった。それから入部したのである。二年になるまでは柔道部と町道場の両方で稽古した。おかげで学業はさっぱり。ドイツ語を全部落として、それでは学部に進めないから、二年には悪戦苦闘して単位を取ったのである。

さて。

この、柔道を始めた頃、高校を出て銀行に勤めていた彼女は、
「どうせ柔道をやるんやったら、せめて初段位におなりなさいよ」
と、言ったのである。運動オンチの私を、いつまでつづくことかと思って、冷やかしたのかもしれない。

私は大学二年の初めに何とか初段になった（卒業時には二段、その後三段の免状をもらったものの、小説書きを本格的にやりだしてからは、稽古をしなくなって、それきりである）。卒業まで部員として努め、弱い学校ではあったが、レギュラー選手だったのである。学校では体育会系の学生と見られていた。毎日の練習のせいで筋肉がついて体格もよくなり、頭の大きさが目立たなくなったのだ（もっとも、ウォーキング以外は運動をしない昨今は、筋肉が落ちて、逆行し、原形に戻ってしまった感があるが）。

再び、さて。

夫婦としての年月が長くなり、共に六十代が見えてきていた。あるとき、私は何気なく、
「手と頭を使ってるとぼけない、いうらしいなあ。碁なんか、ええらしいで」

と妻に言った。

私は学生時代、よく下手な碁を打った。といっても学校の食堂や合宿などで暇潰しにやるのだから、強くなるはずがない。しかし、五十代の後半になってから、ふとその気になり、勉強し直してやれと囲碁の通信教育を受けていて……そんな話になったのである。

妻は高校時代から書道をやっており、その後も勉強していた。私の影響で俳句に励んだり（ただしこれは、私の感想がいつも辛口過ぎたらしく、作っても見せなくなった）、英会話を習いに行ったりもしていたのだが……気がつくと、囲碁教室に通っていたのであった。

そのうちに、妻と対局するようになった。家での話題も碁のことが多くなってきたのだ。棋力はまだこっちのほうが大分上ながら、うかうかしてはいられない。

やがて、妻に誘われて、私も木谷好美《きたにとしみ》先生のその教室に同行するようになった。

碁というのは、他のいろんなことでもそのようだが、若いうちに覚えたほうが有利である。理屈を超えた感覚が大事らしいのだ。そのせいか、私は何とか初段になりお情けで二段も頂いたが、妻のほうはこれに勝てば昇級というとき、たいてい失敗し、結局、六級で終わることになった。それでも石を三つか四つ置かれると、こっちは危なく、勝ったり負けたりだったのだから、妻には私に対するときには、手の内が見えていたのかもしれない。

話を少し前に戻すけれども、妻の最初の手術・入院以後、私たちはしょっちゅう対局するようになった。妻のほうが挑戦してくるのである。くやしかったのだろう。こっちも負けていられないので、碁の本を読んで勉強した。夕方から食事をはさんで五局も六局も打つのだ。妻にしてみれば、その間、病気のことを忘れられたからではなかろうか。二人で旅行のときも碁盤を携行したのだ。

病気のことでは、変に頑張れと言うのは逆効果だろうが、碁に関しては、はっぱをかけても問題は生じない。

あれはいつだったか、また昇級を逸してくやしがっている妻に、私は励ますつもりで、

「ええとこまで来てるんやから、もっとしっかり打ちィな。一生懸命になったら、初段位取れるがな」

と言ったところ、妻は、疑わしげな、同時にまんざらでもない表情で、「初段？」と問い返したのだ。

その瞬間、私の頭の中に、昔の妻のせりふが浮かび上がってきたのである。

「ぼくが柔道始めたとき、どうせやるんなら初段位になれ、言うたやん」

私は言ってしまった。

「初段がどの位むずかしかったか、知らんかってん」

というのが、妻の返事であった。

そのとき、口を横に曲げながらも、妻はたしかに、目では笑っていたのだ。遠い日の記憶がよみがえってきたのであろう。

妻が亡くなってから、私の碁に対する意欲は薄れてしまった。日常的な対戦相手がいなくなり、また、打っているとどうしても妻のことを思い出して、空しくなってしまうからである。今はほとんど打っていない。どうせ、妻共々、素人のざる碁だったのだから、そう惜しいという気はしないが……。

出好き

よその夫婦のことはよくわからないので、比較のしようがないけれども、私たちはよく一緒に出掛けたほうだと思う。

これは、もともと妻も私も出好きだったということだろうが、共働きをしていた関係で、勤めが終わってから待ち合わせて町で食事をしたり、休日はフルに活用しよう（当時は土曜は休みではなかった）としたために、そんな習慣が出来てしまったようだ。それと、もうちょっと突っ込んで考えてみれば、少なくとも私には、家の中で二人でいると些細な事柄で議論になったり喧嘩になったりしがちなのに、外部の出来事や事物に対しては共同戦線を張るのが常だったから、外に出ているときのほうが楽だ――という気持ちがあったかもしれない。

私は子供の頃、汽車に乗りたいとあまり言うものだから、（断片的にしか覚えていないが）親が、用もないのに明石まで連れて行ったこともあるらしい。妻のほうも国鉄職員の娘だったせいか、列車や電車が好きだった。そんなわけで、目的があるときはもとより、何もなくても時間が出来ると、乗り物を楽しむ感じでよく出掛けたのである。

そして、行き先に観光名所があれば人並みに見物するものの、あっちこっちと見て回ったり買い物をしたりするわけでもなかった。そのあたりの風景を眺めてぶらぶら歩いたり適当なところで休んでぼそぼそとお喋りをしたりするのである。従って、行って何をしてきたかと問われても、まとまった返事など出来なかった。初めて二人でパリに行ったときも、ノートルダム寺院の前の広場で、紙飛行機を飛ばしている子供や話し合っている人々を、三時間近くぼんやり見ていたりしたものだ。

とはいっても、以前はこちらが原稿に追われて、そうたびたびは一緒に出掛けるわけにはいかなかった。それが、妻の発病以来、妻のことを最優先にするようになり、妻が行きたいと言えば出るようになって、回数はとみに増えたが……今のうちにというような言葉は、妻も私も決して口にしなかったのである。

どこかに出るとなると、私たちは大抵、それぞれのカメラを持って行った。だから風景やどちらかひとりの写真は多いものの、二人で並んだのは、ほとんどない。

その写真だが……病気になってからの妻の顔を今見ると、撮影したときにはそんなことは感じなかったのだが、やはり、たとえ笑っているときでも、厳しさというか淋しさがにじんでいるような気がする。妻の内面が出ているということであろうし、私のほうもまた、そういう状況のただ中にあったために、それを日常として受けとめていた、ということかもしれない。

一緒といえば、私たちはよく一緒に飲んだ。私は三十代の半ばからだんだん多く飲むようになり、アルコール依存症ではないかと思うようになった五十代にドクターストップをかけられ、全面禁酒の後、厳重節酒ということになって現在に至っているが、妻は元来強いほうで、私がろくに飲めなくなってからも「悪いね」と言いながら飲んでいて……しかし病気になってからは、そうもいかなくなったのだ。

そんなわけで、二人ともせっせと(?)飲んでいた時分には、一緒にバーをはしごし、夜明けになってから帰宅したこともある。帰宅がまだ午後十時とか十一時だと、家でまた飲んで喋ることが多かった。娘が呆れていたのかこんなものだと諦めていたのかは、私は知らない。

私はカラオケが苦手で、歌うと座がしらけるのを悟っていたから、滅多に歌わなかった(現在でもそうである)。だが妻のほうは結構好きらしく、じきに歌いだすのである。

私がほとんど飲めなくなると、二人で飲みに行く先は激減した（こっちはお茶を水で割ってもらった「見掛け水割り」を飲むのだ）けれども、お初天神の「ワインリバー」という古なじみの店へは、大分後になるまで行った。そこでは気楽に歌えたのだ。その頃には娘も同行するようになっていた。「ワインリバー」は、妻の病状が厳しくなる前に、マスターが体をいためて長い歴史の幕を閉じたが、妻はそのことを残念がっていた。

妻が好きだったのは、「百万本のバラ」である。私はしばしば、妻がそれを歌うまでは帰れないなと観念したものであった。

妻が亡くなって葬儀の準備が始まったとき、このことを知った葬儀会社の人が、「百万本のバラ」のＣＤを仕入れてきて、かけますと言ってくれたのだ。お通夜でも告別式でも、ＢＧＭとして「百万本のバラ」が会場一杯に流れていたのである。ありがたい心遣いだと思いながら、私は、妻がまだ生きているような錯覚に包まれていたのだ。

協力者

大学を出ると同時に私は、採用してくれた耐火煉瓦《たいかれんが》メーカーの、岡山県にある工場に赴任した。工場勤務は一年弱で、大阪の本社に転勤になった。

その翌年の秋に、高校卒業以来（本当のことを言うと断続的に）付き合っていた相手と結婚したのだ。

二人共若いし給料が安いので、共働きである。妻のほうが給料は上だった。二人合わせて三〇〇〇〇円弱であった。

初めは公団住宅（家賃五五〇〇円）にいたけれども、きみ、大変だろう、安い社宅が空くから入ったらどうだ、奥さんが別の会社に勤めていても構わんから——と、上司の上司の常務に言われ、折角の話なのに断るとまずいだろうと妻と話し合い、そっちに引っ越したのである。

家賃はなるほど滅茶苦茶安かった。たしか、六七〇円だったと思う。だが、もののはずみで会社が取得したというその社宅は、古く、あちこち雨漏りがするのであった。そこ以外は会社とは関係がなく、近所には勤め人などいないようで、二人で出勤するときは、じろじろ見られるのだ。平屋で、長屋だから、夜は隣の読経の声が聞こえてきたりするのである。ネズミが多く、ある朝起きてみると、妻が好きだった上衣の裏がぼろぼろにかじられていた――ということもあった。会社としては厚意で入れてくれたのだろうが、公団住宅になじみかけていた私たちには、戦前の貧しい日本に戻って来てしまったように思えたのである。

それに、このまま会社に勤めつづけていいものだろうか、という気持ちも強くなりだしていた。会社は堅実で家庭的だったけれども（今でもいい会社だったと思っている）、基幹産業に付随した産業という業種のせいでやむを得ないのだろうが、景気が良くなるときは最後に良くなり悪くなるときは最初に悪くなるという宿命があって、社風も時代にさきがけて大きく打って出ようというところはなかったのだ。

結婚の少し前から私は、高校時代までは熱中していたものの、いつか単なる趣味となっていた文芸への関心を、復活させ、真面目に小説と取り組もうとしていたのだが……ここに来て、あわよくば筆一本で身を立て、こんな生活とおさらばしたい――と考えるようになり、本気で書きだしたのである。

文学青年だった高校時代の私を知っている妻には、それが自然ななりゆきに見えたのではあるまいか。というより妻は、自分も本が好きで文学全集なども買い込んだりしていたから、私の（ほかに取り柄もなさそうだし）文章書きの才に期待していたふしがある。

私が会社の仕事を持って帰って遅くまでやっていても、妻は、

「わたし、あした早いから先に寝るよ」

と、さっさと床に入るのに、私が原稿用紙に向かっていると、いつまでも起きていて、お茶を入れてくれたり菓子を持って来たりするのであった。

その私が、初めはいわゆる伝統的文芸を書く合間の手すさびとして、しかししだいに本格的にSFにのめり込んで行った経緯は、長くなるのでここではしるさない。

ともかく妻は、私が書いていると、機嫌が良く、協力的だった。

社宅には二年いた。

脱出を図って、何度か公団住宅に応募した末、新しく建った公団住宅――阪南団地に移ったのだ。公団の共益費を含めると、家賃は六七〇円から一〇〇〇〇円になったのである。なぜそんな高いところに行くのだと尋ねる会社の人々に、私は、その公団住宅が自分の親の家と妻の実家の中間点に位置しているから（実際、そうだった）と答えたが

……会社を辞めてもやって行けそうだとのめどが、そろそろ立ちかけていたのである。

妻は妊娠八か月まで勤めた。

私の最初の本の出版が決まったとき、妻は長女を産んでから実家で寝ていた。本を出すと書かれた編集者の手紙を持って行って見せると、

「よかったね」

と、静かに言った。

妻が亡くなってからは、そういうことは滅多になくなったが、以前はよく、

「会社を辞めるとき、奥さんは何と言いましたか」

との質問を受けた。

端的に答えるのはむずかしいので、私はいつも苦労したのだ。

一般的な概念に従えば、夫であれ妻であれ、今の勤めをやめるとなると、その決心を連れ合いに宣言する——という図式があるようである。そうでないとしても、辞めるべきか辞めざるべきか、深刻な相談になるのではあるまいか。もっとも、昨今のような厳

しい状況では、一方的に解雇を通告されるケースが少なくないだろうし、その通告が不意打ちか、あらかじめ予期して対策を立てているか、などによって、なりゆきはさまざまであろうが……。

しかし私たちの場合、状況の推移のうちに何となく合意が形成されて行ったような気味があった。少しずつ原稿が売れだしてくると、当然ながら過重労働になったのだが、そのぶん、会社では、何とかして残業しないで済むように勤務時間中に全力投球をし、それでもへたばってくると、遅刻の回数が増えて、会社におけるマイナス点が増えて行く……変な表現になるけれども、会社に居られなくなるまでの許容時間をできるだけ引き伸ばし、アウトになる前にテイクオフしようとしていた——という感じである。妻はそんな私のやり方を肯定し、原稿書きに関する作業を手伝ったり、あるときはろくに書く台がない家に、頑丈な机を注文して配達してもらったりで……そのうち会社を辞めるというのは、ほとんど予定されていたようなものだった。だから、来月辞表を出そうと思うと私が言ったときも、

「来月にする?」

と頷いただけである。

もっとも、今の質問が妻に向けられると、妻は、

「さあ……別に。何とかなると思っていましたから」

というような返事をするのが常だったようだ。


しかし会社を辞めると聞いて、心配してくれた友人があり、私はその紹介で、広告代理店の嘱託コピーライターになることができた。仕事さえちゃんとやってくれれば勤務時間はうるさいことを言わない、という約束でである。ちょうど最初の本が出たところで、それをぶら下げて面接に行ったのだが、コピーについては素人同然の私でも雇ってもらえたのは、東京オリンピックを控えての人手不足の時期だったからであろう。運が良かったと言える。

その頃には、娘を産んだ妻はすでに退職しており、妻の退職金と失業保険を家計に繰り入れていた。その失業保険が切れた後だったのだ。今思うと、随分危ない橋を渡っていたわけである。

プロにまじっての必死の雇われコピーライターは、原稿料収入が上向いてきたことで、二年で終わり、私はフリーになった。

妻は、航空便で原稿を送ったり、私が行けないセレモニーに代わりに行ってくれたり、税務関係の事務をしたりしてくれていた。そういうことは苦にならないらしかった。

原稿を書き上げると私は、妻に読んでもらうのがならいであった。読めない字や脱字を指摘してもらうためである。だが、ときどき感想を述べたり、

「女の人はこんな考え方せェへんよ」

と言ったりで、読んでもらうことでいろいろ助かったのである。

その間も子育てや家事があって忙しかったはずながら、妻はこれでいいと思っているらしかった。私が書くのを渋ってテレビなど見ていると、

「勉強せんとあかんやんか」

と言い、ああ、勉強と違うて仕事やね、と笑ったりするのは……子供を監督している母親の気分もあったのだろう。

あるとき、やりたくない、というより、こんな仕事をしては自分の生き方に合わない

——という注文が舞い込んできた。それが、破格のびっくりするような原稿料なのだ。家計が逼迫《ひっぱく》してばたばたしていた時期であった。その仕事をやれば楽になる。悩んでいる私に妻が、

「自分がやりとうない仕事やったら、断ったらええやんか。家のことは何とでもなるんやさかい」

と言ってくれたので、お断りした——ということもある。

しかしながら、妻がSFの良き読者だったかといえば、どうもそうではなかったらしいと答えざるを得ない。

妻の読書傾向は、私のそれと重なり合う部分もあったが、全体としてかなり違っていた。私がかつては文学書、それも新しい流れの文学を中心に読んでいた反動で、自然科学や歴史に関心が向いていたのに対し、妻は、古典文学や男女の愛を扱った作品を好み、トレンドものにも目を向けていたようである。それに生活人としての意識が加わっていたのだから、SFとは大分離れた位置にあったとしなければなるまい。といっても私の

影響でSF的な見方もするようになってはいたけれども、それはあくまでも従であった。

その感覚で私が書いたものを読むわけである。ついて行けないものはついて行けないとはっきり言うのだ。SF的発想でのめり込んだ長い作品は、ざっと目を通すだけで感想も口にしなかった。妻にとって小説は、小説として出来が良く、心の琴線に触れるか面白いとかでなければならず、読者を無視したり軽視したりしているものは、認めがたかったようである。奇想天外で荒唐無稽でも首肯し得るところがあれば楽しむが、小説であることを忘れているものには、そっぽを向くのだ。その意味で、わかり切った社会批判や諷刺をこれでもかこれでもかと書いた作品も、嫌いだったらしい。

ただ、『なぞの転校生』から始まったいわゆるジュブナイル小説については、事情は少々違っていた。これらの作品は、学年を誌名にした学習誌連載なので、平易に、読者を飽かせないようにというのが前提条件だった。最初に、「たとえどんな大家が書いたとしても、読者にとってそんなことは関係ありません。面白くなければそれまでです」と編集者に言われたのだ。私は、肩の力を抜くように抜くようにと努めながら、私にとっては半ば日常化しているSF的感覚を、話の中に注入したのである。舞台も、大方が私の住居の近辺や、近くにある出身校にして、自分のその年代の頃を想起しながら書いたのだ。正直、楽であった。

妻にとってもそういうものは、日常と、ふだん私が口にしている事柄の組み合わせということになったのではあるまいか。別に感想を言うわけでもなく、気楽に読んでいたようである。毎日の生活の中で、私の〝お話づくり〟を受け入れていた――と言えるかもしれない（こうしたジュブナイル作品の評判が良かったことも、関係していたに相違ない）。平和であった。だから次々と書いたのであるが、作品数が増えるにつれて新しい趣向やテーマを出さざるを得なくなり、かつ、年月のうちに私自身の少年時代の感覚や記憶が薄らぎ、世の中の学校の様子が変わっていったために、当初のそんな感じはなくなってしまったのだ。

ともあれ、妻には妻の小説の基準というものがあり、私が書くものすべてに興味があったわけではない、ということで、まあ当然の話である。

妻と長く生活をつづけるうちに、私にはそのことがわかり、また私自身、年を取るにつれて、小説というものについていろいろ考えるようになったせいで、書くときに妻のような読者を意識するようになったのである。別の言い方をすれば、自分に欠けていたものがあれこれと見えるようになり、何とかその穴を埋めようとするようになった——となるだろうか。もっとも、そうなればなるほど、自分の知らない事柄や感覚がますます多くなって行くのも事実だが……。

妻にもそれはわかっていたようである。

最後になった入院も一か月以上になり、もはや形勢挽回が不可能であるのが明白になりつつあった頃、妻は突然、

「お葬式はどうするの？」

と、尋ねた。

いざとなったらどうしようかとの想念が頭の中にちらちらしていたのは本当だが、そんなことを言うわけにはいかない。私は、何も考えていないと答えたのだ。

何とかせんとあかんやないの、と妻は言った。で、私は、その日病院を出て家に向かう途中（日に一度は様子を見たり外部と連絡したりするために家に帰っていたのだ）、

地下鉄の駅の近くにある大手の葬儀会社の支所（?）に寄って、パンフレットをもらい、説明を聞いたのだ。夕方病院に戻ったときにパンフレットを出して相談をし、どこで葬儀をするか決めたのである（口にできなかったといえば、私は、葬儀会社に寄るついでに、書店で、葬儀や手続きのことをしるした本を一冊買った。もう駄目か、こういうことになるのか——と、暗い気持ちでである。その本は隠しておいた。妻の死後に知ったのは、娘も同様の本を隠し持っていたということである）。

この相談をした、たしか次の日。

「わたし、してもらいたいことがある」

と、妻がベッドに半身を起こして言いだした。

妻は、葬儀のとき、自分の名前だけでは誰のことかわからぬ人も多いだろう、と言うのだ。私の本名は村上卓児であり、妻は村上悦子である。葬儀だから常識的には本名で行うのが普通だろう。

「だからお葬式の名前は、作家眉村卓夫人、村上悦子にして欲しい」

と、妻は言ったのである。

来られる人がわからないと困るからと理由をつけたが、妻の本心は、共に人生を過ごし、ずっと協力者であったことを証明したい——ということだったに違いない。私にはそれが痛いほどよくわかった。

必ずそうする、駄目だと言われたら、そうしてくれる葬儀会社を、どんなことをしても捜す、と、私は約束した。他人の思惑など、どうでもよかったのだ。

妻の希望通りになった。

通夜と告別式の案内のために道筋に立てられた表示板には、そうしるされ、遺体と共に車で会場に向かう私と娘は、ああ出ているね、と言い合ったのだ。告別式で私は、この経緯を参列の方々に申し上げ、了解を乞うたのである。そのとき私の脳裏には、前年の三月に二人で松尾寺に詣《まい》ったさい、祈願の札に、病気平癒と書けと私が二度も言ったのに、妻は聞かず、文運長久とだけしるしたことが、よぎっていた。私の協力者であることに、妻は自負心と誇りを持っていたのだ。

一日一話　その二

898　ある書評

これを読み終わったとき筆者は、自身の懐旧と感慨、そして悪夢の記憶、さらには喪失感の中で、暫く呆然としていたのである。

　これは小説であるから、当然誇張やフィクションはあるけれども、状況の本質は正にこの通りであったといわなければならない。

物語は、主人公が少年の頃から始まる。

主人公にとって本というものは、愉しみの源泉であった。知識を与えてくれるものであり、情操を豊かにしてくれるものであり、おのれのペースで疑似体験が出来る手段でもあった。

だが同時に本は、紙を重ねて綴じた物体として空間を占拠し、商品であるから入手には経済的代償を伴う。

少年時代の主人公は経済的余裕がなかったから、思うように本が買えなかった。買えない本は他人から借りたり図書館に行ったりして読んだのだ。読書量は増大するばかりだったから、これは辛いことだった。

ために主人公は、本に対する執着――それも、なろうことなら、欲しい本はすべて所有したいとの強い欲求を抱くようになったのだ。

主人公は長ずるに従って、自分もものを書くようになり、幾許《いくばく》かの成功をおさめた。よほどの高価なものでない限り、欲しい本はみな入手出来るようになった。

本が増えた。

家の中には置き切れなくなり、本を入れるための場所を借りたが、それでも収容し切れなくなった。ついには別に土地を購入し書庫を建てたのである。

少年の頃の感覚からすれば、これは知的にも経済的にも、相当な資産であった。

しかし様子が変わってきたのだ。人々はしだいに本を読まなくなった。本以外の、娯楽や知識獲得のための媒体が急速に増え、一般的になってきたせいである。

——と、このあたりまでは、マスコミ史を多少ともかじった者なら、すぐに想像がつくことであろう。

作者は、この主人公の心理の推移を丹念に描いてみせる。

だがここからが、この作品の見せ場なのだ。

本はますます増えた。

書庫は一杯になってきた。

それでも本は増える。

新しい書庫を建てるか、不要になった本を処分するかになったのだが……前者のためには経済力がなく、後者を実行するには未練があった。それでもついに困り果てて一部を処分しようとしたところ、もはや古い本の引き取り手はいなかったのである。そういう需要がない世の中になっていたのだ。処分したければ所有者自身が、自力で、環境破壊防止法にもとらぬやり方で行わなければならない。それだけの量の本を処分するには大金がかかるのであった。

書庫はすでに、書棚が隠れてしまうほどの本の山である。

その時分から書庫の周囲に住む人々は、奇妙な声に悩まされるようになった。大勢がそれぞれ勝手に喋っているような声が、外に洩れるのである。

苦情を受けた主人公は書庫に入り——積み上げられた本たちの、訴え、泣き声、怒り、罵声、叫び声に圧倒される。本たちは、何とかしてくれといっているのだ。この、一冊一冊の本と主人公とのやりとりはすさまじい。それらの本の内容を知っている者なら、うんうんと頷きながら読むであろう。

主人公にはどうすることも出来ない。

書庫の防音設備を強化するしかなかった。

それでも声は外に洩れてくる。だんだん大きくなる。ついには、声を合わせての、何とかしてくれ、何とかしろ、の大合唱になった。

ある夜、誰かが書庫に放火した。強力な燃焼剤を使っての放火である。書庫の存在を憎んでいた者であろう。

火は内部に入り、ごうごうと炎が噴き出す。

駆けつけた主人公は、へたへたとその場にすわり込んでしまう。いくら始末に困っていたといっても、可愛い自分の本たちが燃えているのには耐えられなかったのだ。

書庫の屋根と壁が崩れた。

そして、主人公や、消防士たちや野次馬は見たのだ。

無数の本が、ページをひるがえしながら中空に飛翔して行くのである。

逃げているのだ。

だが、それらの本にはみな火がついていた。燃えながら本たちはページを翼さながらに振って懸命に上昇し、夜空に浮かび、力尽きて次々と墜落するのであった。

この、本たちが燃えながら飛び、落ちて行くラストシーンは、感動的で哀切で美しい。

年配の人は、どこにでも本があったかつての時代を思い出すだろうし、電子記録時代になってからものごころついた若い人は、そういう心と時代があったのだと知るであろう。

作者の描写力をじっくりと味わいたい作品である。

右は、二十一世紀の初頭の電子記録から発見された書評である。

しかし、いくら検索しても、書評の対象となっている作品は、どうしても出て来なかった。

百年以上も前の記録なのだから、削除され消滅している可能性が強い。読みたいと思っても詮ないことである。

（一一・一二・三〇）

1098 ダイラリン・その他

Cがいう。

「このところ、ダイラリンに悩まされていてね。きのうも、泊ったホテルのバスルームでとぐろを巻いていた」

「蛇か?」

と、私は尋ねた。

「蛇よりもずっと細いんだよ。その代わり全身は長いようだ。飛ぶのは見たことがないけれども、小さな翼が一対生えている」

Cは答えた。「とにかく、近寄り過ぎたら瞬間的に嚙みつくんだ。一度やられて、二日間熱を出して寝込んだ。離れて構わないようにしていると、消えてしまうがね。向こうが暗がりや物陰にいたりすると、気がつかないうちに近づいてしまって嚙まれるから、いつも注意していなければならない」

「ダイラリンなんて、聞いたことがなかったがな」

「いるんだよ。本にも載っている」

Cは、本棚から分厚い本を取って、私に渡した。

怪物総覧という書名だ。

二十年前の発行で、編者の名前も出版社名も、私は知らなかった。

「古書店で見つけたんだよ」

と、C。「ダイラリンという項目を引いてみろ」

私はページを繰った。

ダイラリン＝空想上の怪物。〔ガリア事情〕ほかに記述が見える。蛇に似ているが胴体は細く、太さ五ミリ位。体長は十メートル以上とされている。有翼で飛翔能力を持ち、捕らえようとする者に嚙みつくという。ダイラリンを見た者は病気になるとの言い伝えもある。

「空想上の怪物といっても、それを目にしたりそいつに襲われたりした者にとっては、実在の怪物なんだ」

Cはいうのであった。「ただ、ぼくはたびたびダイラリンに出くわすのに、病気にならないのは、どういうわけだろう。その説明が間違っているのか、ダイラリンはダイラリンでも変種なのか、それともぼくの精神力が強いので抵抗力があるのか……何にしても、早く出ないようになって欲しいものだなあ」

私は、まあそのうちにきみを取り巻く環境かきみ自身の心の持ちようが変われば出現しなくなるんだろう——とCを慰め、別れたのである。

家に帰って押し入れを開くと、また、そいつが立っていた。

細くした金色の目。

大きな鼻。

横に長く裂けた口。

下半分は霧のようにかすんでいる。

私は反射的に押し入れを閉じた。

五分間は開けないほうが安全だ。
二、三秒も向き合っていると、そいつは青い風を口から吹き出し、私は一時間以上も激しい頭痛に耐えなければならないのである。五分以上閉じておいてから開くと、もうそいつは居ないのが常なのだ。
押し入れだけではない。

便所の戸や、窓やらを開くと、しばしばそいつが立っているので、即座にしめなければならないのであった。

私はそいつの名を知っている。

何かの本で見たのだ。

しかし、そいつの名はいえない。

名前を口にしたり、書いたりすると、たちまち病気になるらしいのである。

私が読んだ本を書いた者も、当然病気になったであろう。その当人がそれからどうなったのか、私は知らない。

そんなわけで、私はここにはその名をしるさない。

Cのいう通り、たとえそれが空想上の、存在しないとされているものでも、そいつを目にしたり襲われたりした者にとっては、実在の怪物なのだ。

私は思うのだが、誰だって、何かの怪物に悩まされているのではないか？

そう。

あなたにしても……。

（一二・七・一七）

1116 蝉になる

クーラーが故障してこれで三日めの——夜明けであった。

ぼくは、布団の上にあぐらを組んで、ぼんやり窓を眺めていた。

暑いので、自分でも知らないうちに下着を脱いでしまい、すっ裸になっている。シーツは汗でぐっしょり濡れていた。断続的に眠ったり目を覚ましたりしていたから、睡眠不足なのだ。

そこで、ああきょうは休日だった——とぼくは思い出した。

勤めのある日なら、シャワーで体を洗い、会社にたどり着きさえすれば、少なくとも夕方までは冷房のきいたオフィスにいられる。

しかし……。

このところ、猛暑がつづいている。

きょうも暑いだろう。

賃貸のワンルームマンションで、まだクーラーの修理をしてくれないのだ。

夜になって少し涼しくなるまで、どこかに逃避するしかない。

そのとき。

蟬が鳴きだした。

熊蟬なのだ。

すぐ近くで鳴いているらしい。調子が上がって行くと、すさまじい音量になる。耳が変になりそうだった。

ぼくは立ち上がって、窓の外のベランダを覗いた。

蟬は、ベランダの物干し竿にとまって鳴いているのだ。

腹を伸縮させ、すさまじい声を放射している。

蟬って、樹にとまり樹液を吸いながら鳴くのではなかったか？

それが物干し竿などに……。

絶叫がしだいにおさまり、再び始まるということをやっているのであった。

頭がおかしくなる。

とはいえぼくは、折角こんなところに来て鳴いている蟬を追い払うような真似はしたくなかった。だから窓は開かずに蟬をみつめていたのだ。

そんなに暑いのに、夜、窓を閉めていたのはなぜだ——といわれるかもしれない。

寝るとき、開けておくわけにはいかなかったのだ。

クーラーが故障した晩、ぼくは窓を全開にして寝ようとした。すると無茶苦茶蚊が入って来たのだ。窓を開けて眠るのだからと蚊取り線香を三つも置いておいたのに、である。そんなものでは蚊の大群を全滅させることは出来なかったのだ。ぼくは体の至るところを咬まれ、搔きむしって血だらけになった。今でもまだ痛いのである。

つまりそういうわけで、ぼくは、ガラス越しに蟬をみつめていた。

どうせ、じきに飛んで行くに違いない。

たしかにそうだった。

その蟬は、しゃーとどこかに行ってしまったのだが……すぐに、それも二匹が飛来して物干し竿にとまり、シャアシャアシャアシャアとやりだしたのである。
つづいてまた一匹。
窓を開いて追っ払うか。
いや、やめておこう。
ぼくはだらだらと汗を流しながら、アホみたいに蟬たちを見ていた。
シャウ、シャウ、シャワ、シャワ、シャーシャーシャーシャー。
シュワシュワシュワシュワ。
ジャンカ、ジャンカ、ジャンカ、ジャンジャンジャン。
……。
陽が、すでに強く射し込んでいる。
あんな中で、絶叫して、それが生きているあかしというわけか。
突然。
ぼくは、眩しい光の中にいた。
ぼくは蟬になっているのだ。物干し竿につかまって絶叫しているのであった。

絶叫は、快楽だった。

周囲すべてが明るい中、身を震わせて叫ぶのは、解放であった。

歌うだけ歌って気が済んだぼくは、宙を切って飛んだ。

空気は光る流れであった。

屋根も、壁も、道路も、電柱も、日光を享受していた。

ぼくは飛びつづけ、樹々のあるあたりに来ると、弧を描いて降下し、樹幹にしがみついた。

樹液を吸った。

吸うと、生命力がまた満ちてくる。

ぼくは絶叫を開始した。

天にも届けと叫ぶのであった。


気がつくとぼくは、布団の上に仰向けになっていたのだ。

夢だったのか?

しかし……眩しい光の中で叫んでいた感覚は、暫く消えなかったのである。

×　×　×

また夏が来た。

蟬の季節だ。

熊蟬の声を聞くと私は、四十年前のそのことを思い出す。

先日行ってみたが、その頃私が住んでいたワンルームマンションは、もうなくなっていた。

あの、夢だったか幻覚だったか、それとも本当の変身だったか――光の真っただ中でのエネルギーそのものだったような感覚を、私は忘れないようにしようと努めてきた。それが私を支えてくれるような気がするからだ。奇妙な記憶だけれども、私には大切な記憶なのである。

（一一・八・四）

1242

天からお札《さつ》

仕事の上での酒の付き合いが長引いて、Y氏がタクシーで帰途についたのは、午前三時を回っていた。

したたかに酔っ払っていたのだ。

タクシーを降りて家に入ろうとしたY氏は、門柱に何か載っているのに気がついた。取ってみた。

一万円札なのだ。

こんなところになぜ——と、おぼろげな頭で考え、目を向けると、門扉の下にも一枚、道にも一枚、と、一万円札が落ちているのであった。

いや。

そこかしこに、何枚も一万円札が落ちている。

Y氏は拾いにかかった。

ぐでんぐでんでも、金のこととなると、敏感なのである。

全部で二十三枚。

誰がどういう風にして落としたのかはわからない。

金を拾ったことを警察に届けるか、自分のものにしてしまうか……それは寝た後のことにするつもりで、Y氏は家に入ったのである。


宿酔《ふつかよい》だった。

Y氏は頭を抱えて起き上がり——そこでゆうべのことを思い出した。

一万円札。

二十三枚。

見ると、ちゃんと机の上に置いてあり、文鎮を載せてあるのだ。

これを、どうしたものだろう。

考えながら、Y氏はテレビをつけた。

ニュースであった。

夜中過ぎに、全国各地で、一万円札の雨が降ったという。

そこかしこにだ。

推察すると、何十万枚も降ったと思われると、アナウンサーはいっていた。

しかも、ニセ札ではなく、本物の一万円札と断定されたらしい。

拾って届け出た者もたくさんいたが、それ以上に、拾ったお札をしまい込んだ者のほうがずっと多いようである。

誰がどんな手段でばらまいたのかも不明——なのだそうであった。

Y氏は、拾った一万円札を、自分のものにすることにした。

天の恵みなのだ。

が。

宿酔であった。

きょうから連休なのを幸い、Y氏はまた布団に潜り込んだのである。

一日、寝ていたのだ。

次の朝。

置いてあった一万円札をたしかめようとすると……ぼろぼろの、灰みたいなものになっているではないか。

これは、どういうことだ？

Y氏はテレビを見た。

ぽかんと口をあけたのである。

天から降って来た一万円札は、すべて、灰になってしまったというのであった。

それも、二十四時間経つと、わっと灰になってしまった――のだそうである。

惜しいことをした。

使えばよかった。

しかしY氏の場合、まだましだったのである。

天から降って来た一万円札は、Y氏が寝ていたその日、至るところで使われた。代金として支払われたのだ。

その売上金が、灰になってしまった。

商売でそんな一万円札を受け取った者は、えらい損をしたのである。


半年経った。

深夜帰宅したY氏は、またもや、そこらじゅうに一万円札がちらばっているのを知り、拾い集めた。

その数、二百枚以上。

テレビのニュースによっても、今回降ったお札の枚数は、この前の何十倍にもなるようだとのことであった。

次の日Y氏は、その一万円札でやたらに買い物をした。灰になる前に使えば、一万円札だからである。

誰もかれもが、拾った一万円札を、その日のうちに使い切ろうと狂奔した。一万円札を受けとった者は、それが拾われたものかどうかわからないので、灰になる前に使ってしまおうとしたのだ。

いってみれば、ババつかみみたいなものであった。

だが。

今回の一万円札は、二十四時間経っても、四十八時間経っても、何日経っても何か月経っても、灰にならなかったのだ。

おかげで日本の景気はみるみるよくなり始めた。同時に、インフレも始まっていたのである。

× × ×

二十一世紀になったら、この位のことは起きるのではないでしょうか。

起きて欲しいのであります。

大体がみなさん、二十一世紀になったら、二十一世紀になったら、と、口をそろえておっしゃっているじゃございませんか。よほどいいことがありそうな口ぶりではありませんか。
だったら、この位のことがあってもよろしいのではありませんか。

（二二・一二・八）

1347 **降水時代**

午後であった。
悪いことに私は、神社の長い石段を下っていたのだ。
すっと周囲が暗くなって来たので空を見上げると、みるみる黒くなりつつある。
降水だ。

昔の雨とは違う。

今は降水。

地上の文明の影響とかで、水の降り方はまるで変わってしまった。

ほんの一分か二分で空の様子が変化し、まとめて水が落ちて来るのだ。

もちろん、予報はある。

だが、昔の天気予報と違って（昔もよく外れたが）予報は到底信用出来ない。局地集中で、しかもその移動が迅速なのだ。大体が降水雲発生の予測自体が難事だという。

この十日間、私は降水に遭遇していない。近辺でも降水はなかった。

あと三日位は大丈夫だったはずだ。

だから、何の用意もしていなかった。誰だって、出来ることなら重い耐水コートなんか持ち歩きたくない。

私が石段の上で立ちすくんでいる五秒か十秒のうちに、あたりは暗くなってしまった。

石段から飛び出して、横の、樹々の下に行く手もあったが……木の下で落雷にやられる例が多いので、つい、ためらったのである。

とにかくこうなってしまえば、五メートル先も見えない。

私は石段の上に伏せた。

ぱっと青い光が一瞬すべてを照らし出し、グワラグワラキイーテケテケドーンと雷が鳴ったと思うと、轟音と共に、水がどーっと降って来た。雨滴ではない。滝がそのまま落ちて来たような——降水である。

私は叩きのめされ、上から奔流となって下って来る水に巻き込まれ、石段を転落して行った。あっちこっちぶつかったが、頭を抱え体を丸めているしかないのだ。

水の中で、私はもがいていた。

その水が、ぐんぐん引いて行く。

私は立ち上がった。

水流が、下へ下へと動いて行く。

急速に、世界が明るくなってゆく。びしょびしょの石段や樹々や、私がそこでとどまった地面やらが、日光をきらきらと照り返しているのであった。

空の雲は、もうずっと向こうに行ってしまっている。

体のそこかしこが痛むけれども、どうやら無事で済んだらしい。

私は歩きだした。

境内を出ると、救急車が走り、けが人が担架で運ばれていた。

きょうの降水はきつかったですなあ、と、人々はいい合っていたのだ。

家に帰って来ると、家のあたりも降水に襲われたようで、みんな、後片付けに走り回っている。

いくら降水時代でも大丈夫だといって、陸《ろく》屋根のままにしていた隣家は、屋根が抜けてしまっていた。年月のうちに屋根がくたびれて、今度の降水を支え切れなかったに相違ない。

五年前に現代風の円錐屋根にしたわが家はどうもなっていなかった。

妻は花壇の排水で大わらわであった。降水時代用の花壇でも、完全ではないということである。

夕方、子供が学校から帰って来た。

降水になると、みんな外に飛び出して、水の中で遊び回ったそうである。降水に備えて学校のロッカーには予備の服一式を置いてあるので、着替えて帰って来たのだ。妻は濡れた服や下着を袋から出して、洗濯装置の中に入れた。

子供にとっては、降水とは、楽しいハプニングなのだ。雨を知らない子供たちには、降水が自然現象で、何ということもないのである。降水に対する心構えが出来ているし、重くても常に耐水コートを携行している。

私はいつになっても慣れられそうにない。

水が、雨という穏やかな落ち方をしていた時代が懐かしい。

私だけでなく、ある程度以上の年代の人はみなそうだろう。

しかし、もはや二度と降雨の時代は戻って来ないのだそうである。学者によれば、地球がそういう風に変わってしまったのだそうである。

私はときどき思うのだ。

私たちが子供の頃、世の中はどんどん変わっていた。コンピュータやバイオ技術、エトセトラ、エトセトラで、もう、例外的な人は別として、ある程度以上の年の人間は、

1449
書斎

ついて行けなくなろうとしていたのだ。私たちはひそかに、あるいは露骨に、おとなたちを馬鹿にし、おとなたちに同情もした。

それと同じことであろうか。

降水時代になって、今度は私たちが、馬鹿にされ同情される順番が回って来た——ということなのではあるまいか。

そういうことなのだと観念するほかなさそうである。


（一三・三・一三）

「家を新築したんだってね。おめでとう」

「何とかね」

「書斎を持つのが念願だといっていたけど、作ったのか？」

「ああ。ぼくにはいささか贅沢な机も入れて……ま、満足だよ。このところ、家に帰って暇があると書斎で本を読んでいる」

「結構だな」

「ま、念願だったからね」


「書斎どうだ？」

「それが、外での仕事に追いまくられて、この頃なかなかゆっくり出来ない。きのう久し振りに机に向かうと、うっすら埃をかぶっていた。掃除したが、掃除しただけでね」

「まあ、書斎があるというだけで、いいじゃないか。ぼくみたいに有り合わせの台で書き物をしている人間から見れば、羨ましい限りだよ」

「書斎、どうだ？」

「……」

「使っているのか？」

「いや。その時間がなくて……。それが……妙なことになってきた」

「どういうことだ？」

「幻覚を見る」

「幻覚？」

「書斎に入ると、誰かがもう椅子にすわっている。背中が見えるだけで顔はわからないが、こっちが強引に椅子にすわろうとすると、ふっと消えるんだ」

「それはよくない幻覚だな」

「書斎を何日も空けていると、そうなるんだ。こっちがしょっちゅう入っていれば何も起こらないが……といって、仕事をなおざりにして書斎にばかりいるわけにはいかないからなあ」

「気のせいだよ。気のせいで、そんな幻覚を見るんだ」

「そう思う。だからきのうから、一日に必ず一度は、少なくとも一分間は書斎の椅子にすわることにしたんだ」

「書斎、どうなった？」

「どかない」

「え？」

「ぼくが入って行って椅子にすわろうとしても、消えないんだ。実体を持つようになったんだ」

「まさか」

「本当だよ。腹が立つから、肩をつかんでどけようとした。動かない。力を入れると振り向きやがった。顔が見えた」

「知っている顔だったか？」

「違う！　顔がないんだ。のっぺらぼうなんだ！」

「……」

「ぼくは書斎を這うようにして出て、家の者を呼んだ。家の者が来てみると、もうそいつはいなかった」

「……」

「だが、次の晩もだ。またいやがった。勇気を出してそいつの肩をつかんだ。振り向いたそいつには顔がなかった。家の者が来たときには、そいつは消えていた」

「怪談だな」

「どうしたらいいと思う？」

「さあ」

「何とかしなきゃならないが……家の者は怖がるし、こっちは書斎がありながら入れないし……何とかしなければ」

「書斎のこと、聞かないのか？」

「聞いたら悪いような気がするものでね」

「書斎、やめたよ。惜しいが机も処分して、部屋は別の用途にあてることにした」

「じゃ、どこで読んだり書いたり調べ物をしたりするんだ?」

「前のように、有り合わせの台でやるよ。とにかく家の中にオバケが出るんじゃ、安心して暮らせないものな」


私は夢を見なくなった。

彼が家を新築し書斎を持ったと聞いて暫くしてから、私はどこかの書斎で書き物をしている夢をしばしば見るようになっていたのだ。立派な机に向かい、いい気分で書いているのである。

しかし、ときどき誰かがやって来て、私をどかせようとするのだ。誰だかわからないがうるさい奴だった。

今思えばそこは、彼の書斎だったのではないか?

私は、ものを書くのが仕事だが、ろくに売れなくて、貧乏暮らしである。

彼は、自分の仕事で高収入を得ている。趣味で読んだり書いたりする。

本当に書斎が欲しいのは、私のほうなのだ。

そんな気持ちがあって、私はそういう夢を見たのだろう。そして、信じがたいことだが、その夢の私は実体化して、彼の書斎を占拠したのではないか？

それにしても、椅子にすわっていて振り向いた私が顔を持っていなかったのは、幸いであった。私はものを書いているとき、無我夢中でわれを忘れるので、顔もなくなるのに違いない。

もちろん私は、このことを彼には喋らなかった。

それにしても、もし私が家を新築することになって書斎を作ったら、かつ、それを羨ましがる者がいたら、今度は私の書斎にオバケが出ることになるだろうが、私が家を建てるほど稼ぐとは到底考えられないので、その点は安心なのである。

（一三・七・三）

自己注釈

一日一日が刻まれるように過ぎ、作品数が増えるにつれて私は、自分の書くものがいくつかの型のそのどれかになっているのではないか——との懸念を抱くようになった。天才でもなく、これまで自分なりの生活のスタイルを持ってきた人間が、みずから設けた制約の中で書くとなれば、むしろそうなるのが当然であろう。

しかし私は、不可能かもしれないが、そういう恰好になることを、何とかして避けたいと思った。読んで、ああまたこのタイプの話か、と言われたくなかったのである。そのためには、発想の幅を広げ、話のスタイルも工夫して変えて行くことが必要だ。努力したつもりだけれども、それがどの程度なしとげられたか……今となってみると、随分あがいていたなという気がする。

だが、それとは別に、無意識のうちに陥って行き、自分でも肯定していたのは、自己投影の度合いや妻とのかかわりの反映の色が、しだいに濃くなってゆくことであった。かつて私は多作で知られたある老大家から、

「きみ、作った話というものは、いずれは種が尽きるものだよ。そうなるとだんだん自分を投入するしかなくなるんだ」

と聞かされたことがある。あまり才のない私は、ＳＦなどというものを書きながら比

較的早くから自分の体験を作品の中に織り込むようになったが……それがこんな状況で顕著になってきた——ということではあるまいか。

898「ある書評」

これは『日課・一日3枚以上』の第九巻に収録してあり、回数からいってもちょうど真ん中位なのだが、話のつくりがいわば二重の間接法になっている点、ひねりの産物と言えるだろう。そして、本への執着とか本の置き場の問題とか本というものの運命などについての思いは、私自身のものでもある。

1098「ダイラリン・その他」

結構現実的な癖に、というよりむしろそのためか、妻は、奇妙なわけのわからぬ怪物が出てくると面白がった。こちらにはその計算もあったのだが、いないはずの怪物でも出て来れば当人には実在である——というのは、一般的な真理であると同時に、妻の病気に対する私の気持ちでもあったのは、たしかなのだ（聞いた者はみな死んでしまうという怪談〝牛の首〟の話をご存じの方は、苦笑なさったかもしれない)。

1116「蟬になる」

夢中でかつ必死で書いていた頃の自分。

妻と二人で何とか頑張っていた日々。

――の投影である。

読みながら、何も言わなかったが、妻はそんな時代を思い出していたであろうか。

1242「天からお札」

二十世紀最後の年の十二月に書いたものである。世の中は、二十一世紀が来る、二十一世紀になったら、と騒がしかった。

だが妻は、二十一世紀まで存命かどうかわからず、存命でもごく短期間だろう。妻はもちろん、私だって二十一世紀なんてどうでもよかったのだ。

そんな私たちの目からは、こうでも言わなければ――ということだったのである。

1347「降水時代」

現代の、年を取って世の中から遅れてゆく図を、未来に移したわけだ。滅茶苦茶だけど何だかありそうな未来に、である。妻は含み笑いをして読んでいた。

1449「書斎」

若い時分、あり合わせの台で書くか、喫茶店でペンを走らせるしかなかった。その後、こんな立派な書斎ではないが、書くための机と部屋を持つことになった。だからこれは私の意識の二重構造を話にしたものである。顔がなかったあたり、発想に融通が利くようになってきたらしい、と、これは自画自賛。

俳句

結婚後暫くして本気で小説書きに取り組むようになる前、私は俳句をかじっていた。詩もよく作ったけれども、こちらは仲間の同人誌に載せてもらったり詩誌に投稿したりで、俳句の片手間というところがあり……今は実作をしていないし、この稿とは関係がないので、これ以上は触れない。

文芸が好きだった私は、高校で文芸部に入ろうと思ったが、存在しなかった。解散したとの話で、短歌部と俳句部しかなかったのだ。

で、俳句部を選んだ。

短歌部にしなかったのは、歌詠みで「国民文学」の同人だった父親（村上芳雄）に、中学生のときに自作の短歌めいたものを見せて、ぼろくそに言われた記憶があったからである。

半分好奇心で入部したその俳句部が、大変だった。上級生の多くが俳句雑誌に毎月投句しており、部の定期的句会にいい加減な句を出すと、散々叩かれたのだ。しごかれて、俳句の勉強をしなければならなかった。俳句雑誌が行っている本格的な句会にも連れて行かれたのである。

当時はそれなりに自分の句に多少自信があったのだが、今読み返すと、ただやみくもに作っていたという気がする。

それでも大学に行き、勤めてからも、割合真面目に句作をしていた。妻もその影響で作句するようになった。

だが、小説に本腰を入れだしてからは、何か月か句を作る日がつづいたと思うとやめ、また何かの拍子に作りだす——という状態になってしまった。

昔、赤尾兜子《とうし》氏はじめ何人かの俳人から聞いたのだが、感情を先立たせた句を作っていると、じきに行き詰まる、地味でも事物を詠む修業をしなければならないのだそうだ。まあ異論のある方がいるかもしれないが、気持ちを優先させる私の俳句は、たしかに、だんだん評価されなくなった。

妻の句についても、私などではなく、ちゃんとした俳人に評してもらっていれば、もっと上達していたのではないか、と思う。それに私はどうも父親譲りのせいか、身内の作品にはきついことを言う癖があった。すでにしるしたように、妻が自分の句を私に見せなくなったのも、当然だろう。妻には悪いことをしたと思う。

私の句について話を戻すと、とにかくそういうことを悟ってからの私は、自分を俳人の端くれだなどと考えるのをやめた。他人に評価されなくてもいい、自分の気持ちと基準で勝手に作ればいい、どうせ自分が勝負しなければならないのは散文なのだ——との気分になって……年月が流れた。未練がましく断続的に作句したが、どこに出すわけでもなく、たまに、高校でのかつての俳句部の先輩同輩後輩の句会に顔を出し、会報にも自作を送る程度で、それも、妻の病気以来は不義理を重ねていたのだ。

——と、こんな俳句の話を書いてきたのは、妻の病気及び一日一話とのからみを述べたいからである。

妻の闘病生活が始まってから、私は毎日短い話を書いたけれども、それは、何度も繰り返すがエッセイではなくお話でなければならない。私自身の投影の要素が入って来るとしても、私自身の気持ちをナマで出すのは許されない。そんなことをしては、妻が辛いだろうからだ。あくまでも、アイデアのある、話として組み上げられた、あははと笑うかにやりとするかのものでありたい。しかも、商品として通用するレベルを保持するように努めて、だ。それには力量不足だと言われようとも、エンタテインメントの提供者になり切らなければならないのである。それが私の仕事なのだ。

だから、自己表現としての俳句には封印をした。それどころではなかったからだが、妻の病状がやや安定すると、作ってしまう。

以下、拙《つたな》い、俳句とも言えぬ私の句を、いくつも並べることになるが、俳句としてではなく、私の心情ということで、まあこんなものかと軽く読み流して頂くほうがいいだろう。

妻元気並木の辛夷《こぶし》咲き始め

癒えよ妻初燕見てはしやぎをり

などという看病俳句風のものがあると思えば、現実感を喪失して、

夢の日々炎昼をパン買ひ戻る
となったりする。
妻の二度目の入院で泊まり込んで、
病院のいづこ虫鳴く風入れて
虫鳴きて鏡ひとつがめざめゐる
と詠んでみたりもした。
しかし心のどこかから、違う違うという声が聞こえるのだ。何となく恰好をつけているような気がするのである。そういえばこの頃までは、自分の句のことを妻に喋ったりしていたのだ。
が、
灯の中に鬼灯《ほほづき》夢も暗からむ
などというものが出来るようになってくると、妻には語れなくなった。ときどき句作ノートに書きつけていても、ノートを見せないようになったのだ。妻には毎日の短話を読んでもらえばそれでありがたいのであり、妻もまた、俳句の話をしなくなったのである。

その私が、やたらに句作をするようになったのは、妻が弱ってしまい、最後の入院をすることになる年が始まってからである。

今にして思えば、それは、一日一話を書くために、無意識におのれの心情を抑圧していたのが、妻の最期がそう遠くないと感じ始めたために、どっと、そういう形で噴出してきたのだろう。

話が前後するけれども、妻が亡くなった少し後に、先出の木割大雄さんが母上を亡くされた。木割さんは電話で、

「もうあかんと思うようになると、いくらでも句ができるんですわ。何でか、不思議でんなあ」

と語ったのだ。そして、人に見せられるような句ではないけど、とも付け加えたのである。

きっと、人間とはそういうものなのだ。

妻の最後になる入院の後、私は、一日一話はつづけながら、ひそかにノートに句めい

たものを書きつらねるようになった。もともとろくな句を作らない人間が、人様に見せられないようなものと承知で、しるすのである。

直線の病廊外は朧夜《おぼろよ》か

春嵐持ち直しつつ妻眠る

卯月雨妻への処置を廊下で待つ

ひしめきて木の芽は立てり明日は明日

紫陽花《あぢさゐ》よ妻確実に死へ進む

他人様には関係のない悲鳴のようなものだ。

しかし、妻の意識が少しずつもうろうとなり、それでも枕元で書いた話を声に出して読んでいたのが、もはや聞いてわかってくれているのかいないのか、はっきりしない——という状態になって、私は一日一話の制約を取っ外した。私の気持ちをもろに出したものを書くようになったのだが……それと同時に、ぴたりと俳句はできなくなった。俳句で代用していた感情表出を、短い話で行うようになったために違いない。

妻の葬儀が済んで、

西日への帰途の彼方に妻は亡し

とノートに書いて以後は、私は、四か月ほどして妻が亡くなった病院を訪ねるまで、一句も作らなかった。俳句のことを考えるだけで苦痛だったのである。それからもときどき作句しているけれども、もう、人に分かって欲しいとは思わないし、まして、それで勝負しようという気などはない。今頃になって言うのはおかしいが、私には俳句の才というものはないと思うようになった。

いや、もうひとつ、書きたいことがある。

妻の遺品を整理していると、手帳に、平成十四年二月二十七日の日付で、

癌の身のあと幾たびの雛まつり

としるされていた。

妻は、四月十五日に入院し、五月二十八日に亡くなったのである。

そんな句は平凡だと言う人もあろう。

しかし、手帳のその文字を見たとき私は、妻の病気に対する姿勢を突きつけられたような気がして、「おまはんの勝ちやなあ」と呟いたのであった。

一日一話　その三

1563

土産物店の人形

そんなに大きくない小ぢんまりとした、しかし名前をいえば、知っている人は知っている——という町であった。

ぼくは、旅行の最終日に、少し時間があったので、その町に回ったのである。

ふたつばかり旧跡を見て、駅に戻ろうとバス乗り場に来た。

だが、次のバスまで、二十分もあるのだ。

近くに土産物店があったので、時間潰しを兼ねて、入った。

ささやかな店で、手前のところには、こうした土産物店のどこにもありそうな品物が並んでいたが、奥の棚に、不思議な姿の陶器の人形が十数個、置かれていた。

踊るような姿の、切れ長の目と大きな口を持つ、どこか古代を思わせる茶色の人形なのだ。

値札はついていない。

ぼくは、面白そうなのを手に取って見……そのひとつが欲しくなった。

普通ならこういうとき、店の人が傍《そば》に来て、どうですか、などというものだが、その店は相当な年配の主人らしい男が黙ってすわっているだけで、勧めも何もしないのである。

「これ、いくらですか？」

ぼくは、手にした人形を持ち上げてみせながら尋ねた。

主人らしい男は、のっそりと立ち上がり、やって来た。

無愛想な、何だか怖い人だ。

「欲しいかね」

男はいった。

「――はあ」

ぼくは答えた。

「値段をいう前に、いくつか質問に答えてもらわなければならない」

男はいうのである。「それが嫌なら、売るわけにはいかんのだ」

「ははあ。――これには、何かいわれでもあるんですか?」

ぼくは問うた。

「それはいえん」

と、男。「とにかく、質問に答えてくれるかね? 答えたくないかね?」

「……」

そんなことをいわれたら、通常は買う気などなくなってしまうものだ。

が……その人形は、いかにも変わっていた。よそでは手に入りそうもない。おまけにそうなると好奇心が湧いて来るのが人情というものである。

「いいですよ。答えましょう。でも、値段を聞いてから買うのをやめるかもしれませんが」

ぼくはいった。

男は頷いた。

「よろしい」

それから一、二秒置いて、口を開いたのだ。

「質問の一。あなたは自分が立派な人間だと思っているか？」

「は？」

「あなたは自分が立派な人間と思っているか？」

仕方がないので、ぼくは答えた。

「そうは思いませんね。欠点だらけですから」

「ふむ。では第二の質問。人類はこのまま繁栄を続けると考えるか？」

「人類、ですか。そうですね。今みたいなことをしていると、そう長くは続かないんじゃないですか?」

「質問の第三」

と、男は続ける。「あなたは月に祈ったことがあるか? 祈りの内容は何でもいい」

「それはまあ……何回かありますよ」

「結構。ではこれが最後の質問だが、あなたは十年前の自分に還ってやり直せるとしたら、やり直すか?」

「いや、ごめんですね。もう一度やり直すなんて、たまらない」

「そうか」

男は頷いた。「そういうことなら、いいだろう。その人形、代金は要らない。持って帰ってくれていい」

「……」

ぼくは、ぽかんとした。

ついで、尋ねずにはいられなかったのだ。

「つまり、ぼくは合格なのですか?」

「その返事は出来ない」

「この人形、売り物でしょう？　ただでいいんですか？」

「いいのだ」

「……」

「そろそろ、バスが来るぞ。行きなさい」

男はいい、ぼくはキツネにつままれた感じで、人形を持って、店を出たのである。


その人形は今も、ぼくの家の棚にある。

不思議な感じの人形。

家に来る者は、みな、いいねという。欲しがる人もいるが、あげる気はない。どこで買ったのだと問われても、いい加減な答え方をすることにしている。説明すると長くなるし、経緯を話せば変な顔をされるのが目に見えているからだ。

それにしても、あの質問は何だったのだろう。

なぜ、ただで呉れたのだろう。

何か理由があるのだろうが、わからない。

ぼくは、ひょっとするとそのうちにその人形が、勝手に動きだしたり喋ったりするのではないか、と、考えたりするのだが、まだそんなことは起こっていないのである。

（一三・一〇・二五）

1577
兄貴のこと

ああ、兄貴のことか。

みんなで捜し回っているんだがね。

いまだに行方が知れない。

兄貴がおかしくなりだしたのは、今年の初めの頃からだ。

いや、おかしくなったとは、父や母や姉の言い方でね。

兄貴本人は、目覚めだといっていた。

ぼく？

ぼくにはわからん。家の人たちがそういうのももっともだと思うし、兄貴の気持ちが理解出来るような気もしたんだ。


一月の中頃、太平洋上に火山島が現れたことがあっただろう？　元来は海底火山だったのが、噴出した溶岩のために海面上に姿を出し、島になった、あれだ。

あれが日本のものと認められれば、領海はうんと広がる。

マスコミも大騒ぎした。

兄貴は笑っていたよ。

領海が広くなったといっても、高が知れているじゃないか、地球の表面積自体が大したことはないんだから、他の惑星に進出し地球化することを考えたほうがいい、そのための技術開発と投資をもっとすべきだ――なんていってね。

大体が兄貴は、前から天文学とかSFとかが好きだったから、そういう発想をするのも無理はない。

父と兄貴は論争していたが。


そうした傾向が、だんだんと、というより加速度的に強くなって来たんだな。

銀行の不良資産が何兆という話を聞いても、兄貴は顔をしかめるだけだった。銀行がどうこうというのではなく、何兆なんて、世界規模からいってさほどのものではないというわけだ。兄貴にいわせると、人類の経済のスケールなんて、宇宙の多くの星の、進んだ文明の観点からすれば、ごくささやかなものに過ぎない、となる。

ぼくには半分頷けるが、しかし父の、夢みたいなことばかりいわないで自分の足元や周囲をみつめろという言葉にも、それはそうだと思ったよ。

三月の末頃から兄貴は、夢の話をするようになった。

いや、本当の、眠ったときの夢だ。

眠ると夢を見て、それがみな関連しているという。

いくつもの、壮大な星間文明の夢なのだそうだ。

ぼくは、あるとき、姉が、銀河宇宙なんて大きすぎてとても実感出来ないといったのに対し、兄貴がいい返すのを聞いたことがある。

「姉さん、そんなことをいっていちゃ駄目だよ。銀河宇宙なんて、無数にある小宇宙のひとつで、その他大勢の一員に過ぎない。しかも銀河宇宙の文明は、人類以上のレベルでとなると、八系統四百余りの種族しかいず、他の小宇宙よりはずっと劣勢なんだ」

と、兄貴は説明したんだ。

「そんなこと、なぜわかる?」

姉が食ってかかると、兄貴は真面目に答えた。

「夢だよ。夢で学んでいるんだ」

その時分から、兄貴がおかしいとみんながいうようになったんだ。

他の人々が呆れて話をしようとしなくなったせいもあるだろう。兄貴はよくぼくに、大宇宙の文明種族の様子や勢力比とかを話してくれた。

こっちは物語を聞いているようで面白いから、よく聞いた。

そうしたぼくの気持ちがどうだったかは、簡単にはいえない。作り話とか妄想とかかもしれないし、ひょっとしたら本当にそうなのかなと思ったりもした。どっちでもよかったんだ。

兄貴が、銀河宇宙が他の小宇宙の生命体の侵略を受けつつあるといいだしたのは、夏になってからだった。

「銀河宇宙は危機なんだ。種族連合体は、防衛軍を率いて戦う将帥の補充をしなければならない。短期間でそうなれる素質のある者を見つけ、育成しようとしている。うまく間に合えばいいが」

そういってから兄貴は、ふとわれに返ったように微笑して、呟いたのだ。「内輪で戦争をしているが、所詮太陽系ひとつにさえ影響を与えないようなそんな真似をしている地球なんて、何も知らないからのんきなものだなあ」

「……」

ぼくは黙って聞いていた。

窓の外で熊蟬の大合唱が続いていたのを覚えている。

「俺は選抜されたよ」

家に帰って来て、部屋を覗き込んだぼくに、昼寝から起き上がった兄貴がいったのは、九月ももう終わろうとしていた日だった。

兄貴は、もう大学に行かなくなり、家で、講義とは関係のない本ばかり読んでいたのである。

「じきに、俺は行かなければならないだろう。これまでのように精神だけで宇宙の生命体と交流していることは許されない。銀河宇宙の一員として、これは義務だからな。もちろん選ばれたという誇りはあるが」

兄貴は静かにいった。「そうなったら、お前、お父さんやお母さんを大事にしろよ」

「……」

「頼むぞ」

頷いてみせると兄貴は、机の前にすわって本を読みだしたのだ。

晩飯のときも兄貴はずっと無言で、食べてしまうと、自分の部屋に入ってしまった。

ぼくはそのときは、父や母や姉に、兄貴がいったことを話さなかった。兄貴を精神科医のところへ連れて行く相談を始めていた父母や姉にそんな話をすれば、いよいよ厄介なことになると判断したからだ。ああ、もちろん後では話したが……。

その夜中だった。

どーんというひびきに目を覚ましたぼくは、窓の外が真昼のように明るくなっているのを知って、跳ね起きた。

外へ走り出た。

父も母も姉も出て来た。

表に、光の柱が立っていた。直径六、七メートルもありそうな、天に届く光の円柱だ。

その中を、黒い影が天に昇って行く。
あれは、兄貴だ。
「兄さん!」
ぼくは叫んだ。
人影は、上へ上へと昇り、見えなくなってしまった。
光の柱がすーっと薄くなり、消えた。
それきりだった。
兄の部屋には、兄はいなかったのだ。

ぼくが見た人影を、父も母も姉も目にしたという。
しかし、それはただの人間の影で、兄貴などではない、と主張するのだ。
そして、父母も姉も、あれは一種の怪異現象だったと信じている。
とにかく、兄貴はいなくなった。
父母や姉は、怪異現象は怪異現象で、兄貴の失跡とは関係がないと主張する。そう思いたいのかもしれない。父母や姉にしてみれば、兄貴が家を飛び出した、どこかに行ってしまったとするほうが、まだしも納得出来るのだろう。だから捜索願いも出し、心当たりを捜している。

多分兄は、もう見つからないだろう。

今頃は、どこで何をしているのか。

都会の、数少ない星を目にするたびにぼくは、兄貴がどうしているだろうと考える。

大宇宙を、宇宙船の大群を率いて戦っているのだろうか。

いつか、兄貴に再会することがあるのだろうか。

と。

（一三・一一・八）

1592

秒読み

ぼくは交差点に向かって歩いており、行く手の信号は青であった。
間もなく、黄色に変わるだろう。
すると、頭の中で声がしたのだ。
合成音のような声であった。
十秒前。
九。
八。
七。
六。

五。

四。

三。

二。

一。

ゼロ。

同時に、信号は黄色になった。

秒読みの声の間に走りだしていたら、その前に交差点に到達していたであろう。

しかしぼくは、声を聞きながら普通に歩いていたのだ。

だから交差点に来たときには、黄信号はもう赤信号になっており、ぼくは立ち止まって待つことになったのである。

それにしても、今の声は何だったのだろう。

ぼくの心の底にあった、今走ればという意識が、声になって聞こえたのだろうか。

「このことについて、何かご質問がありますか」
議長がいった。
みんな、黙っている。
ぼくには、問いたださなければならない事柄があった。
だが、気軽に質問出来る雰囲気ではなかったのだ。
頭の中で、声が秒読みを始めた。
十秒前。
九。
八。
七。
六。
五。
四。
三。

二。
一。
ゼロ。
「ご質問がないようでしたら、次に移ります」
議長が告げた。
ぼくの気のせいか、議長はほっとした表情になっているようだった。

ぼくは昔から、優柔不断だと人にいわれていた。
たしかにそうなのだ。
すぐには決心がつかないのである。
決めたとしても、実行に移すには暇がかかる。
そんな自分が、うとましかった。
何とかしたい。
何とかしなければ、と思っていた。

だからではないか？
だから、意識下にあるものが声になって秒読みを始めるのではないか？
だったら、秒読みが始まった瞬間に、やるべきことを開始すべきなのだろう。
けれども、そうすれば必ず良い結果が出るとは限らないのではないか？
かえって悪くなるということもあるのではないか？
うかつに、秒読みに急き立てられることはないのではないか？

ホテルで、入浴していた。
何だか、妙な気がした。
どう表現したらいいかわからぬ変な感じなのだ。
秒読みが始まった。
十秒前。
九。
八。

何をしろというのだ？
ぼくは何をすべきなのだ？
いや。
うっかり従うと、かえって悪いことになるのではないか？
七。
六。
五。
何のための秒読みだ？
四。
三。
二。
どうすればいいのだ。
一。
ゼロ。

それと共に、ぼくの体は浮き上がったようになり、バスの湯がばしゃん、ばしゃんと揺れだした。

地震なのだ。

大きな地震。

ぼくはバスを飛び出した。

裸のまま、部屋の机の下に潜り込んだのだ。

地震は、しかし、やがておさまった。

ぼくは体から水をしたたらせながら、立っていた。

秒読みは、地震を予知したのか？

ぼくの感覚が、初期微動をとらえたのか？

それとも、秒読みは超自然的な予知能力によって、ぼくに危急を告げたのか？

でも。

地震はおさまったのだ。

ぼくは何ともなかったのだ。

つまり……秒読みの声を聞いても、ばたばたする必要はないということである。
そのはずである。
そう信じよう。

ぼくは、ダムを上から見下ろしている。
秒読みが始まった。
十秒前。
九。
八。
七。
何が起こるのだ？
どうなるのだ？
六。
五。

四。
何があっても、ぼくは大丈夫なはずだ。秒読みなどに脅される必要はないのだ。
秒読み、勝手にやってくれ。
三。
二。
一。
ゼロ。

（一三・一一・一三）

1640 映画館の空き地

彼がときどき思い出すもののひとつに、戦後間もない時期の映画館がある。中学生になっていたのかいなかったのか、はっきりせず、ろくに小遣いもなかったのだから、そうたびたび行ったはずがないのに……なじみになっていたような感覚があるのだ。

映画館の前には、外国の俳優の顔や派手なシーンの看板が大きく出され、館内はいつも超満員であった。よほど運が良くなければすわることなど夢で、通路にしゃがんだり壁際で人の間からスクリーンを見たりするのが普通だった。

それでも、色彩溢れる異国のロマンチックな場面や勇壮な活劇は、彼を酔わせ、その世界に入り切らせたのだ。

だが、ここに奇妙な記憶がある。

当時の、彼が知っていた映画館は、客席の両側に通路があり、通路の奥は便所で、その通路にも人がぎっしり立っていたのだけれども、一回の上映が終わると観客は外に出るように促された。次の上映を待つ群衆が外にひしめいており、入れ替えをするためである。しかしかなりの数の――途中入場して頭から見直そうという者や、もう一度今度はすわって楽しもうとする者は、残った。彼もその常連だったのである。

この、前の客を追い出すために、映画館の右手、通路の横のドアが全部開かれる。外は塀で囲われた空き地になっていて、出て行く人々の通り道なのだ。入れ替えをスムーズに行うには、こうして入場路と退場路を別にしておくのが便利だったのだろう。

彼が鮮烈に覚えているのは、その空き地であった。

何度めかの上映の途中で、閉じてあるドアを開いて出ると、そこにはまだ今の映画の場面があったのである。

映画によって、それは違っていた。

荒野を馬で駆けるカウボーイ。

斬り合いが行われている帆船の甲板。

城壁に立つ甲冑《かっちゅう》の騎士。

何秒間か、そこに見えるのだった。

が。

その幻像は、動きながら色も形も薄れてゆき、すべて消えてしまう。

目の前にあるのは、砂の多い地面と、板囲いであった。

それもなぜか、覚えているのは、真昼、あるいは昼過ぎである。

いささかもの憂げな日光が、妙に白い土と茶色の板塀を照らし出しているのだ。

そこで彼は、映画の世界と別れ、現実に還るのであった。

心が作り出す残映、だったのであろう。

また、そういう残映がなければ、外に出るや否や、汚れた建物や雑踏の町にすぐに対面することになり、彼には耐えられなかったであろう。

勘定してみると、どう考えても、それは五十五、六年前のことになるのだ。

そしてこの間、その幻像の夢を見たのであった。

同年配の友人に話した。

「そうか。ぼくにはそんな記憶はないな」

友人はいった。「ぼくにはその時分、映画を見に行くような金はなかったからな」

「……」

「でも本当に、そんなことがあり得たのかね」

友人は続けた。「映画館の構造から考えても、通路の横にドアがあるなんて、開閉すると光が入るだろう。それに、外に入れ替えのための空き地があり、空き地が板塀で囲われているというのは、お粗末過ぎるよ。戦後すぐのあんな時代に、そんな構造でやって行けたのかなあ。きみの、映画の後の幻像というのは、もちろんきみの心が生み出したものだろうが、映画館のつくりのほうは、きみの記憶違いか、記憶が歪められるかしているんじゃないか」

「そうかもしれん」

彼は肯定した。

「ま、感じはわかるがね」

と、友人はいったのである。

彼は家でテレビを見る。大画面の、ハイビジョンなのだ。

しかし、いくら熱中して見ていても、後で幻像が現れるほどには、その世界に没入出来ない。

映画も見に行く。

気持ちのいい快適な映画館の、ゆったりした椅子で見るのだ。

だが、映画の世界に入り切っているつもりでも、心のどこかに現実が残っている。映画が終われば、彼はじきにいつもの彼に還るのである。

ああ空き地が懐かしい。

いっても、どうしようもないことだが……。

そういう記憶があるのを、自分の財産のひとつと信じているばかりなのだ。

（一四・一一・一〇）

1680
聞いて忘れて下さい

記憶力が悪くなって、すっかり自信をなくしてしまった――というわけですね？

大丈夫ですよ。

あなたは、自分で考えているほど記憶力が弱っているわけではないんです。そりゃ、ま、度忘れはするでしょうが、日常生活に不便がなければ、それでいいじゃありませんか。

私共のレクチャーは、あなたの記憶力がまだなかなかのものであることを、あなた自身に納得させるためにあります。

部門は、いろいろありまして。

音楽のメロディとか、外国語の単語とか。

でもあなたは、三字・四字熟語の部門をお選びになった。

昔からそういう方面が得意だったから、ということですね。

それだけに、この方面でも記憶力が衰えているといわれたら、ほとんど致命的だと、そうおっしゃるのですね。

大丈夫ですよ。

それでは、始めましょう。

ここに、パンフレットがあります。

三字あるいは四字熟語が、ずらりと並んでいます。

このひとつひとつについて、私は説明しますが、あなたは覚えなくてもいいんです。

というより、聞いたらすぐに忘れるようにしてください。

気楽に、です。

それでもいくつかは、あなたの頭の中に残るでしょう。忘れるために聞いているというのに、残ってしまうのです。記憶されてしまうのです。

そうなればあなたは、覚える必要がないこと、忘れたほうがいい言葉を、覚えたことになります。あなたの記憶力は、あなた自身が考えているよりも、ずっと強いのです。

そういう能力が、まだあるのです。

パンフレットを開いて下さい。

ここには、あなたがご存じの熟語はひとつもないはずです。全部初見のはずです。

なぜそんなことが断言出来るのか、とおっしゃるのですか？

それは、ここに記載されている三字・四字熟語というのが、すべて創作であり嘘だからですよ。こんな熟語はありません。それを私がまことしやかに説明するのですから、聞き流せばよろしい。覚えなくていいんです。

いいですか？
①です。
切歯薬罐。

セッシヤカンですな。

薬罐を歯で噛み切ろうとしても、そうはいかないでしょう？　おまけに湯を沸かしているときは熱いです。だから、もしも実行したらひどい目に遭うのがわかっているのに、あえて挑戦することをいいます。
②ですな。
暴若無人。

ボウジャクブジンでいいのですがね。

これは、暴れ回る若い人がいると、みんな、逃げるでしょう？　逃げて周囲に人がいなくなりますな。その光景を表現した言葉であります。
③は、敢然懲悪、カンゼンチョウアク。
読んで、字の通りです。

思い切って、悪い奴をこらしめることです。
④、羊頭苦肉、ヨウトウクニク。羊の頭をかぶって、何とか相手をごまかそうとするのをいいます。苦肉の策というでしょう？　やっても効果のない作戦です。やらないほうがいいときにも使います。
⑤に行きます。
ジャクニクテイショク——弱肉定食ですな。歯の悪い人のために作った柔らかい定食

のことです。

このあたりから、少しレベルが高くなりますよ。

ああ、もちろん覚えなくていいんです。聞き流せばいいんです。

⑥は、七尺頭、ナナシャクアタマ。尺というのはご存じのように、長さの単位で、約三十センチ。身長が七尺もあったら、家の中ではしょっちゅう頭をぶつけることになるでしょう？

そうです。ある組織とか団体の中に入ると年中問題を起こす人間を、こう呼びます。もっともこれには、そうした枠の中に収まり切らない自由人、との意味もありますが。

⑦です。

転落羽化。

テンラクウカと読みます。

どこかから転落しても、ぱっと背中に羽根が生えて、飛ぶ——ということです。どんな難儀に遭遇しても、らくらくと乗り切ってゆくことです。

⑧に行きましょう。

黙秘忘却、モクヒボウキャク。黙って喋らないでいると、そのことを忘れてしまうというわけですな。お喋りな人が寡黙な人を嘲っていう言葉です。

⑨に参ります。

………。

私はその教室を後にした。

馬鹿馬鹿しいことを、これでもかこれでもかと説明され、そんな嘘八百は忘れてしまおうと思うのに、そのうちのいくつかは頭にこびりついて、抜けないのだ。そんなことを覚えても何の役にも立たないのに、記憶してしまったのである。

その意味では、なるほど、私の記憶力というのは、私自身が心配していたほどには衰えていないらしい。

だが、どうも、騙されたような気がして仕方がないのであった。

（一四・二・一九）

1719

ウェルカム通り

夕刊に、遊園地のIランドが今月一杯で閉園すると出ていた。

ご多分に洩れず、不況と入場者減少で赤字がかさんで来たためらしい。経営する電鉄会社が跡地をどうするかは未定、とあった。

Iランドには、子供が小さかった頃、親子三人で何度か行った。

だが、この二十数年、訪ねたことはない。

私はあす、暇である。

そういうことなら、ひとりでぶらりと行ってみてもいいのではないか。

夜。

あす、Iランドを覗きに行くよと妻に告げた後、私は寝支度にかかった。妻は、物好きなといったけれども、私の気まぐれには慣れているので、止めようとはしなかったのだ。

床に入ってから私は、Iランドのことをいろいろ思い出した。

観覧車もあったし、外周列車もあった。

中でも一風変わっていたのは、ウェルカム通りという通りである。

異国風の建物が並んでいるのだが、一定の時刻になると、建物の二階の窓が開いて、さまざまな民族衣装の人形たちが、手を振り、歓迎し、音楽が流れるのであった。

悪趣味という人も多かったものの、結構人気があったのだ。

あれはまだあるのだろうか。

翌日。

電車を降りた私は、Iランド行きのバスに乗った。乗客は少なかった。このバスも今月一杯で打ち切りらしい。

Iランドの前に来た。

普通、何かがおしまいというときには、人々が押しかけて来るものだが、そうではなかった。閑散としていたのだ。

それでも、がらんとした中、観覧車は動いていたし、他の乗り物も同じだった。最後だから、客がいなくてもサービスしようということだろうか。

私はウェルカム通りに来た。

歩いているのは、数人である。

異国風の建物は、ペンキが剝げ落ち、どこもかしこも白っぽくなっている。

「もう、人形、出て来ないのですか?」

私は、何か作業をしている係員に尋ねた。

「ああ、あと十五分で始まりますよ」

係員は時計を見て答えた。

私は通りの入り口で待つことにしたのだ。

待っていると、ここが人で一杯だった頃の光景がよみがえって来る。

子供は小さかったし、私も妻も若かった。人形の歓迎なんてあんまりぞっとしないな、などといいながらも、人波の中を、流されて行ったのである。

今、人影もろくにない、色の褪せた建物の並ぶ通りは、午後の陽に照らされて、ひどく空しい。

音楽がひびき始めた。

開始である。

私は、ゆっくりと通りを進みだした。

建物の、そこかしこの窓が開いて、人形たちが身を乗り出す。

どの人形も傷んでいた。それでも何とか着飾っているのだ。

大きく手を振る男。

ハンカチをひらひらさせる女。

両手を差し上げる少年。

私の心に、あの頃が戻って来た。

そうなのだ。

ここは人で一杯で、人形たちはまだ新しく、精一杯にサービスしていたのだ。私はかれらに応えるべく、両腕をうち振りながら、音楽に合わせて、一歩また一歩と歩いて行ったのである。心の中で人形たちに、ご苦労様、長い間ご苦労様と呟きながら……。

（一四・三・三〇）

1752 夜中のタバコ

夫人が入院したその夜のことである。

E氏も、個室である病室に泊まったのだ。

深夜。

E氏は無性にタバコが喫いたくなってきた。最近は節煙するように努めており、また、夕方まではばたばたしていたのでタバコのことは半分忘れていたのだが、夫人がよく寝ているのにほっとすると、タバコでも喫わなければ——という気持ちが強くなってきたのである。

しかし、ここは病院だ。

喫うなら、喫煙コーナーに行かなければならない。

喫煙コーナーは、一階の廊下の奥、トイレの隣にあったはずだ。一階のトイレに行ったとき、標示を見たのである。

そのE氏の頭の中に、ふっと記憶がよみがえって来た。

あれは、小学校の一年生か二年生のときだったはずだ。

E氏の兄が入院し、小さかったE氏も病室に泊まることになった。なぜそんななりゆきになったのか、他に誰がいたのか、遠い彼方のことなので、はっきりしない。

とにかく、小さかったE氏は、夜中だったか夜明け前だったか、病室を抜け出して病院の中を探検したのである。

ガラス戸から白い光が洩れている一室があった。

中に入った。

長椅子が置かれた小さな部屋には、五、六人のおとなの男や女がいた。

かれらは、ちらりとこっちを見たけれども、何もいわなかった。

ひとりの男の人が、タバコに火をつけ、口にくわえて吸った。あっという間にタバコの三分の一ほどが減り、その人はバウバウバウと、物凄い量のけむりを吐き出す。二回めの吸い込みで、タバコはあらかたなくなってしまったのだ。

その人はそのタバコを灰皿に放り込み、新しいタバコに火をつける。

長椅子にすわっていた女の人が、ふうとけむりを吹き出した。いや、けむりではなく炎なのだ。

その横の男の人が、立ち上がりながら、指に挟んだ火のついたタバコを、ふうと吹いた。するとタバコの火が消えてしまい、男の人はそれを自分のポケットに入れたのであった。

窓枠にもたれて立っている白髪の男の人は、タバコを三本くわえている。

そして、誰も一言も発しないのだ。

小さかったE氏は、少しずつ後ずさりして、ドアの外に出るや否や、走って逃げたのであった。

いつとはなしに忘れていたその記憶が、なぜ今夜こんなときに起き上がって来たのか。

夜中の病院の、喫煙コーナー——ということで、よみがえって来たのに相違ない。

思い出したというのは……これから喫煙コーナーに行くと、そんな怪物がいるということだろうか。

まさか。

まさかそんなこと。

大分ためらったものの、結局E氏はエレベータに乗り、一階に向かった。

人には、会わなかった。

あかりも暗くなっているのだが……喫煙コーナーは、明る過ぎるといっていい白い光を廊下に投げ出していた。

喫煙コーナーに来た。

長椅子のある小さな部屋は、しかし、無人であった。

E氏はゆっくりとタバコを喫った。

自分以外の誰もいないのが、うれしくもあり、どこか淋しくもあった。

ひょっとすると自分は、子供の頃に見たものを、もう見ることが出来ない年になっているのではないか、とE氏は考えたりした。

ついに誰も来ないままに、空しく明るい光の中、E氏は腰を上げ、夫人が眠っている病室へと、帰って行ったのである。


（一四・五・一）

自己注釈

終末がじわじわと近づいて来るという感覚の中で、きょう一日は最善を、きょう一日は最善を——と努めるには、何らかの意識操作が必要なのであろう。私の場合それは、おしまいのときというものを、頭から拭い去ることであった。暴走列車に乗っていて、衝突の瞬間まで衝突のことを考えない、というのに似ている。

そのつもりであった。

そのつもりながら、毎日書く短い話には、どう避けようとしても、自分の心の底にあるものが反映されてしまう。私にできることは、いかにしてそれを表面に出さないかであった。そのためには、妻とのこれまでの長い年月のうちに、何となく合意事項のようになっていた考え方や事柄で化粧をするしかあるまい、と思い、そう書くようにしたけれども……どこまでうまく行ったかとなると、あまり自信がないのである。

1563「土産物店の人形」

一読して、なーんだと言われても仕方のないような話であろう。

だが、ものものしい予兆があり、それなりに覚悟をしていたにもかかわらず、少なくとも今のところは何も起こっていない、あるいは先になると何か起こるかもしれないが、現在は無事――ということは、多くの人が体験しているのではあるまいか。私たちの家庭もまた、そういうことを重ねながら日を過ごしてきたのである。それを「お話」にするためには、土産物店の主人の質問が、大げさであればあるほど、いいのだ。

1577「兄貴のこと」

現実の中で必死になっている者としては、このような現実離れした兄貴の思考は、無縁の代物なのである。しかしその現実離れが、より大きな現実であるかもしれない、きっとそうなのだとの気持ちがあれば、心が楽になるのだ。SFとしてはあまりにも使い古されたイメージである。けれどもそれを「こちら側」の弟の立場で書いたのは、私が現実の日常の中にあることを示しており、これが「一日一話」のひとつだということなのだ。

1592「秒読み」
この直後どうなったかこっちの知ったことではない——というタイプの話。書いていない場面が派手であればあるほど効果的としていいのであろう。書きながら私は、まだ妻の最期まで秒読みという状態にはなっていない、一日一日を確認しながらやってゆける段階なのだ、と、自分に言い聞かせていた。

1640「映画館の空き地」

話としてはありふれているのは、承知している。だがこれは、回想でもあるのだ。戦後間のない頃に初めて見た「総天然色映画」が、私たちの世代にとってどれほど驚異的であったか、今述べても始まらないだろう。

大阪の千日前にアシベ劇場という映画館があって、私が行くときはいつも超満員だった。前の客は空き地から出して、次の客を入れたのである。その頃の気分を、同年代である妻も覚えていると思って書いたのだ。

妻は、

「そうやねん。アシベ劇場がこうなっててん」

と、懐かしそうだった。

同じ世代というのは、ありがたいことである。

1680「聞いて忘れて下さい」

年を取ると記憶力が衰える。とはいいながら、つまらぬことはよく覚えているのも事実だ。それをひねった笑い話である。

こういう話を読むと妻はいつも、

「ようこんなアホなこと考えるね」

と笑ってくれたものだが……この頃には急速に体調が悪化しつつあり、かすかに唇を歪めただけである。

1719「ウェルカム通り」

私の頭の中には、実際に、ずっと昔、親子三人で出掛けた遊園地があった。娘は小さく、私も妻もまだ若かった。オープンしてから何年間かは話題にもなったのだ。こんな、ウェルカム通りなんて、もちろんなかったけれども、外周列車に乗ったりもして、私たちは楽しんだのである。

その遊園地は今、凋落しさびれているとのことであった。ああ、この原稿を書いている現在、閉園には至っておらず、てこ入れ策を講じているらしいが……。

苦闘しながらも未来があったその頃をよみがえらせながら、いささかセンチメンタルな話にしようと思って、書いたのだ。

しかし書き上げて読み直したとき、私はひやりとした。これではまるで、妻への礼と別れの挨拶みたいではないか。

いや。

妻は、私がそんな気持ちで書いたのではないことを、わかってくれるだろう。単なる、青い空の下で親子三人が楽しんだあの日々への懐旧——と受け取ってくれるのではあるまいか。

確信がないままに、私はこの話を妻に読んでもらった。妻の微苦笑がどんな心理から出たものだったのか……私は聞けなかったし、今となっては永久に不明なのである。

1752「夜中のタバコ」

これを書いたとき、妻はすでに入院していた。今は大丈夫らしいと見定めると、私はときどきタバコを喫いに一階の喫煙コーナーに行ったのである。

普通のかたちなら、E氏はここで異様な状況に遭遇することになるのに、この話ではそれが過去の記憶であり、今回は何も起こらないというのは、つまり、裏返しにした私の願いであり期待なのだ。妻が入院して、一度は元気になりかけたものの、以後は日ごとに死に近づいているその中で、異変でも何でもいい、この現実が変わるような何かがあれば——と、鉛筆を走らせたのであった（家では万年筆でいつもの原稿用紙に書いていたけれども、それができないときには、携行した原稿用紙に鉛筆で書いたのである）。

非常と日常

一九九七年——平成九年に妻が手術を受け入院した頃、私は物書きとして、いわば減速期のさなかにあった。昔から私は、がむしゃらに書く数年なり数か月なりが過ぎると、われに返って周囲を見渡し、書くことよりも考えることを中心にする日々がつづく、という習性があって……その波の中でも過去最大の減速状態に入っていたのだ。ほとんど停止と言ってもいいかもしれない。ひょっとするとこれは年のせいかな、と、妻と話したりしていたのだ。

SFなどというものを好む人の、すべてがすべてそうだとは言えないだろうが、話を私自身に限ると、私は、新しい現象や理論、新しい機器、それも、これから世の中を変えそうなものには、無関心ではいられなかった。というより、お先走りになってもいいから、そういったものについて考え、また、書く材料にもしてきたのである。

だが、今、世の変化の速度は、過去の何倍にもなると言われる。少し気を抜いていると、たちまち置いてけぼりを食いかねない。

その頃、私は大分疲れていた。

のみならず、自分からも遅れるような真似をしていた。何年にもわたる長い連載小説を二本、つづけてまた一本と書いてきたのである。書くことに詳しい人には常識だけれども、始めるさいに設定したテーマ、構想、アイデアなどは、その作品では一貫していなければならない。書いている間に世の中や周囲の情勢が変わってきても、初めの設定を変えるわけにはいかないのである。書き上げたときに時代の風潮と合わなくなっていたりずれたりしていてもだ。それを立て続けに経験して、もうどうでもいいやとの気分になっていたのだった（話の立て方が悪く世の流れをつかんでいなかったのだと言われたら、肯定するしかあるまい。この辺にも、ああ年なのだなあと言いたいところがある）。

そんなわけで、さて自分をどう立て直すかなと考えているうちにも、世の変化はいよいよ加速して行く。

何が出て来るか予想困難――というのは、こっちが休んでいるのだから、仕方がない。しかし、全体的に考えての、次はどんな事柄が重視されるか何が脚光を浴びるか、の見込みも当たらなくなった。いつ何が、どんなかたちで世の中を席捲するか、まるで見当がつかない。稲妻みたいに、あっちが光ったと思うと、すぐに消えて、今度は全然違うところがクローズアップされる。

別の言い方をすれば、何かが出て来て、もっとそのことを追求し深化させればと思う間もなく、次の新しいものが躍り出て来るのだ。

そういえばかなり前から、今の時代は、まだまだ可能性のあるものを未消化のままで葬り去って、次の目新しいものに移る――と言われていたが……それがますます激しくなってきたのだ。


私自身のことに話を戻す。

私が書きたかったこと、書いてきたことというのは、もう置き去りにされている感じであった。こうなれば売れなくてもいいから、好きなように書くか——と私は考えるようになっていたのである。

「それでええやんか」

と妻は言った。

大体が妻は、いわば自然流であり着実派である。先を争ってつかみ取るのではなく、来るものを処理して行くタイプだった。

妻のような見方からも、何か出て来るかもしれない、今の減速のまま、これからの方向を模索しよう、と私は思った。

気持ちを整理するためにもと、妻と短い東北旅行に出掛けたりした。

その一か月後の、妻の発病だったのである。

そんな状況だったから、毎日一話書くということについて、私にはためらいはなく、まして義務感などはなかった。これは正しく私にとって〝書きたいから書く〟ものだったのだ。妻が要らない読みたくないと言えば、どうなっていたか……私が代わりの方法を考えることができたかどうか……よくわからないのである。

その意味で書く上の制約も、私が自発的に決めたのであり、そんな制約を設けたことで頑張るぞという気がより強くなったと言える。

初めた時点ですでに私は、そんなものを書くことで他の人に冷やかされたり呆れられたりするのは、覚悟していた。だが前にもしるしたように、他人がどう思おうと知ったことではない、これは私と妻との事柄であると思い定めていたのだ。だから何を言われても気にしないつもりだったが、ある人の手紙に、「ピエロの哀しみを感じます」とあったのを見たときには、ひやりとした。そんな、演技をしている気は毛頭なく、売り物の原稿として書くことに徹していたのだが……そう見る人がいても不思議ではない。書いた方の感性の鋭さを思いながら、しかし私は手紙を読んだ妻に、「そう見えるかなあ」と呟き、妻はかすかに笑ったのである。

ケータイ――携帯電話を持たないで来た私だが、外出中妻に何かあっては困るので、携行するようになった。

だがその他の、新しく登場する機器は、妻の求めがない限り、仕入れないことにしたのだ。へたに生活に変化をつけるより、これまでの日常生活をつづけるほうが、妻の気持ちが落ち着くように思えたからであった。

とにかく、妻にとって残された日は限られているのだ。

その残り少ない日々は貴重なのである。

私は机の前の日めくりに、毎日、

一日一日を大切に。

というラベルを張りつけるのが習慣になった。そのことを心に刻みつけ、つまらぬことで悲しませたり怒らせたりしてはならない、と決心したのである（けれども人間とは自分の思うようにはならないもので、しばしばしまったと後悔したのを、白状しなければならない）。

ともあれ私たちは、必要以上には病気のことは口にせず、これまでのような生活を送ることに努めた。ときどき帰って来て何日かを過ごす娘も同様である。

そしてどうやら妻も、それでいいらしかった。当然のことだろうが、何年もというような先の事柄は、(こちらも気をつけていたし)話題にしなくなった。それに、日常何かの折に出て来るものや友人・親戚のエピソードは別として、昔のことをあまり語らなかったのは……元来、過去を振り返って感慨に耽るという性格ではなかったせいもあるだろうが、おのが一生に想いをはせるというようなことをしたくなかったのではあるまいか(これは、亡くなるまでそうであった。そんなことをしみじみ語っては、自分自身で生涯に幕を下ろすように思えたのだろう)。

妻の体調の善し悪しや病状の変化によって起伏があったものの、基本的にはそういう日々がつづいたのだ。

私は、病院行きとか、食べるものを買いに行くとかの、妻のことを最優先にしながら、時間を作って毎日書いた。そのうちに、年のせいか他の理由でか私自身の視力がどんどん落ちていったのだが、当時はあまりそのことを意識しなかったのである。

自分たちの場とやり方を確保するこうした生活がつづくうちに、何となく、周囲を切り離したような感覚が形成されてゆく。

初めのうちは、妻は、私や娘と、あるいは独りでよく外に出た。スナックや、奈良や、友人たちとの会合で、である。けれども一年また一年と経ち、症状が厳しくなってくるにつれて、そうはいかなくなった。それでも努めて寝込もうとはせず、テレビを見たりして、私には、もっと外に出ろと言うのである。外の、家の中にはない情報や雰囲気が欲しかったのであろう。

こちらもそのことは感じ取れるので、そのときどきの状況を見て、判断することにしていた。大学行きのスケジュールを崩さないようにし、促されて会合などに出掛けたりしたのだ。しかし、少し先のことになると何が起こるか予断できないので、何か月も向こうのことについては、ぎりぎりになるまで待って出欠の返事をする――ということにならざるを得ない。

それは、妙なたとえだが、内面がぼうとミルク色に光る球の内側に居る感覚である。とにかく、将来というものは考えないようにして、今を生きるのだ。

ひとつの家庭としては、これはすでに日常ではなく、非日常の日々である。ずっとつづく非常事態なのだ。

だが、だからといって、悲しみに浸っていたり運命を呪ったりして、何になろう。最善の手を打ち普通に暮らし、終末の日をできるだけ先に延ばすしかないのである。

いつの頃からか私は、この非常の状態を日常として受けとめるようになった。その日その日を日常とするのである。

妻が、遠出不能になろうと、もう買い物に行くのも無理という状況になろうと、初めからそうだったのだ、これが私たちにとってはずっとつづいてきた日常なのだ、と思えばいいではないか。

坂を下りながらの、あるいは転倒にかかる前の独楽《こま》の静かな回転の中での、一日単位の日常。

毎日短い話を書くにあたって、私が自分に課した制約のひとつに、どんな話であろうともどこかで必ず日常とつながっていること――というのがあった。この作業に対する私のスタンスを示すためであったが……その日常というものがこんな具合になってくると、よりどころが少しずつ変質して行かざるを得ない。私自身、そのことを感知していたけれども、だからといって、どうしようもない。私はこれまでの感覚で書きつづけた。というより、傾斜・歪みが生じていても、それはそのときどきの様相を映し出しているのだからいいではないか、と開き直るようになったのである。

言ってみればこれは、特殊な状態の舞台、それもどんどん特殊化してゆく舞台の上で踊るようなものであった。

だが、どうせ踊るのなら、それなりに全力を尽くせばいい、それなりに新しい工夫もして、最後まで頑張ればいい――と私は決めていたのだ。

この頑張りは、妻が全く絶望的な状態になり亡くなってしまうに及んで、がらがらと崩壊するのであるが……。

そして今となれば私は、冒頭に述べたように、妻の発病以来最期までのこの五年弱の日々が、妻と夫としての最後の年月であると共に、ものを書く人間としての私にとって、別枠をなすひとつの時期であったと思うのである。

一日一話の終わり

自己注釈

最後の——自分で作った制約をかなぐり捨てて、ナマの気持ちを表に出してしまっている作品（？）である。

1775「話を読む」
説明は不要と思う。

1777「けさも書く」
ほとんどありのままで、エッセイと言われても仕方がない。でも残念なことに、妻の声は聞こえなかった。

何日か前から、書いたものを読んで聞いてもらうのはやめていたけれども、これは枕元で真面目に朗読したのである。

書いたのは早朝で、その日の深夜、零時五十五分に妻は亡くなった。

毎日新聞に掲載された。

1778「最終回」

自宅階下に妻の遺体。

二階の机で書いた。

あらかた白紙なのに、きれいな字で書こうとして、何度かやり直したのだ。

読売新聞に掲載された。

1775

話を読む

きょうの分を書き上げた彼は、シャープペンシルを置いた。

病室である。

妻は眠っていた。

この三日ほど、ほとんど眠っているのだ。

彼が書いていたのは、短いお話である。妻が病気になった暫く後から、毎日書いているのだ。病人の気持ちを考えて、深刻なものや暗い話は書かない。

出来上がると、妻に見せる。妻は笑ったりちょっとした批評を述べたりするのであった。

それを、ずっと続けてきた。

しかし、弱り切っての今度の入院では、妻はもう、原稿を手に持って自分で読むことは出来なかった。病人の具合を見て、よさそうなときに彼が声に出して読んでいたのである。

そんな儀式みたいな真似は、やめたほうがいいのかもしれない。

だが、続いてきたことだけに、中断は悪い結果をもたらすような気がして、やめずにいるのであった。

そしてこの三日……妻はとてもそんなものを聞ける状態ではないので、書くだけは書き、置いているのだ。

こうして、もう読んでもらえないかもしれぬ原稿を書きながら、彼は少なくともその間だけは、妻との長い生活での出来事や思い出を頭から振り払うように努めていた。それよりも、どの位妻が面白がる話にするかに心を集中し、書くことに専念したのである。

椅子にもたれて、少しうとうとしたようだ。

気がつくと、妻が目を覚まして、こっちを見ている。

原稿に視線を向けているような気もした。

「読もうか」

と、彼はいった。

妻は頷いたようだ。

「どこから読む？」

彼はまた尋ねた。書いたけれども聞いてもらっていないものが、きょうでもう三編になっているのである。

妻は、どこからでもといっているような表情になった。

彼は椅子をベッドに寄せ、今書き上げたのが一番出来が良さそうなので、それから読み始めた。

が。

そこで目が覚めた。

彼は、書き上げた原稿を前に、居眠りしていたのである。

妻は、苦しそうな顔をしながら、しかし眠っていた。

夢か。

彼は椅子にもたれた。
ややあって彼は、妻がこっちを見ているのを知った。
原稿の朗読を聞けるような状態ではなかろうに、原稿に目を向けている。
「読もうか」
と、彼はいった。
妻は頷いたようだ。
彼は椅子をベッドの傍に持って行き、読みにかかった。
けれども、そこでまた夢だと悟ったのである。
妻は寝ていた。
彼は壁の時計を見た。
一時半。
午前一時半なのである。
彼は体の力を抜いた。
眠ると、妻に原稿を読んでいる夢を見ることであろう。

何度でも何度でも、見ることだろう。
けれども、いつかはそれが夢ではなく現実になるかもしれない。
それを待てばいいのである。
彼は椅子に背中をもたせかけた。

（一四・五・二五）

1777

けさも書く

早朝、彼は病院を出て、近くの喫茶店に行った。

妻は意識不明だが、この数時間容態は変わらない。もしも急変があれば、ベッドの脇にいる娘が、病院の公衆電話から彼の携帯電話に掛けてくれるであろう。

妻が病気になってから彼は、気持ちを引き立たせるためにと、毎日一編、短い話を書き続けてきた。

そういう目的のためのものだから、妻が暗い気分になったり顔をしかめたりするような話は、極力書かないようにしていた。それともうひとつ、現実引きうつしは排除して作り話にすると約束したのだ。

読んで妻は、あははと笑ったりにやりとするときもあるが、ときには不出来のためクレームを出す。クレームがもっともな場合は別のアイデアで書き直すのだ。また、いい作り話が出て来ないと、約束に反してエッセイまがいの作品になってしまい、妻に、

「これ、エッセイやんか」

といわれたりもした。

原稿は基本的には家で書くものの、妻が病院で点滴を受ける日など、同行した彼は、病院の傍の喫茶店で書くのがならいだったのだ。

最初のうちはともかく、妻にとって、毎日そんなものを読まされるのは、迷惑であり負担であったかもしれない。しかしすでに行事になっており、中断したらよくないことが起こりそうで、ずっと続けてきたのである。

月日が経ち、しだいに病状悪化した妻は、通っていた病院に入院した。いったんは持ち直したかに見えたが、その後、急速に悪化していった。

それでも彼は毎日書き続け、もう自力では読めない妻に、声を出して読んだのである。妻はうとうとしながらも聞いてくれた。

だが、妻が意識不明になってからは、それも叶わなくなった。この二日ばかり、書いただけで、聞かせることは諦めなければならなかったのだ。

そして、きのうからきょうにかけて、妻の終末は明白になっている。

にもかかわらず、というよりそれだからこそ彼は、書くために、携行用の原稿書き道具を持って、この喫茶店に来たのであった。

セルフサービスのトーストとコーヒーの盆をテーブルに置くと、彼は想を練り始めた。ここで書いた日々が、よみがえってきた。

その頃は、書き終えて病院に戻ると、大抵は先に点滴を済ませて待っていてくれたのだ。

いや、そんなことを思い出して何になろう。

お話だ。

聞いてもらえないのはわかっているけれども、お話を書かねばならない。

考えた。

アイデアは出て来ない。

早く病室に帰らなければと思えば思うほど頭の中が空白になるのである。

彼は焦った。

その彼の眼前で、モーニングセットの盆を手に通った若者が、たまたま足を滑らせて転んだのであった。

書くとしたら、これ位しかない。

彼は、その瞬間までの自分の心境と、そのハプニングによって起きた奇妙な心の混乱を題材に、書き上げたのであった。

病室に帰りつくと、出たときと同様、妻は深い眠りの中にあった。医師によればもはや痛みもほとんど感じていないだろうという、いっときの低空水平飛行をしているのだ。

「出来た？」

と娘が尋ね、彼は頷いた。もっとも、娘は原稿の内容そのものには興味がなく、母親と父親のこれまでの行事を尊重しているのである。

彼が戻ると、今度は娘が食事に行く番であった。

彼は、書いた原稿を窓枠に置き、妻のベッドの横に腰を下ろす。

妻は相変わらず、もはや覚めることのない睡眠を続けている。

疲れていた。

当然ながら、看病による寝不足もあった。

ベッドの枠にもたれて、うとうとしたのだ。

何かの気配に、彼は顔を上げた。

振り返ると、少し空けてあった窓からの風で、原稿が散り、ばらばらになって床に落ちたのである。

彼は拾いにかかった。

そのとき。

「それ、エッセイやんか」

という、まぎれもない妻の声が聞こえたのだ。

元気だった頃の、張りのある声。

彼は、ベッドの妻をみつめた。

妻はただ眠っているばかり。

だが、たしかに声は聞こえたのだ。

彼はわれに返った。

幻聴だろう。

でも、幻聴でもいいではないか。自分にとっては、本物の妻の声だったのだ。自分には、本当の声だったのだ。

「ごめん、ごめん。悪かった」

彼はベッドの妻に声を掛けながら、原稿の拾い集めを再開したのである。
（一四・五・二七）

1778
「最終回」

とうとう最終回になってしまいました。
きっと、迷惑していたことでしょう。
きょうは、今のあなたなら読める書き方をします。

いかがでしたか?
長い間、ありがとうございました。
また一緒に暮らしましょう。

(一四・五・二八)

少し長いあとがき

実は「妻に捧げた1778話」というこの本の題名は、毎回書いて読んでもらっていたときの気持ちとは少し違う。こっちは毎回、ただひとりの読者である妻のテストを受けていた感じで、〝捧げる〟というような気分はまるでなかったのだ。

しかし、妻が亡くなってしまった今では、それでいいのではないかと娘にも助言され、部屋に積み上げてある原稿を眺めているうちに、そうしてもらうことにしよう、と思うに至ったのであった。

病気の妻に読んでもらうために、毎日ひとつ短い話を書く――ということに対して、人はどう考えるだろうか。

殊勝な心がけだ。

愛妻家。

ロマンチック。

お気の毒に。

大変だねえ。

そんなことをして、どうなるのだ?

暇な奴なのだ。

はた迷惑なことをする。

その他もろもろ、千差万別であろう。私に面と向かってそう言うかどうかは、別の話としてである。

だが、どう思われようと、私の知ったことではなかった。こっちが勝手にしていることで、他人の思惑を気にしている余裕などなかったのだ。

しかし、このことについて、「妻ひとりだけのために」をあまりに強調されると、私は複雑な気分になってしまう。たしかにその通りだけれども、気持ちの上ではそれだけではなかったからである。

なるほど、私は毎日書きつづけた。読み手がそういう状態の妻だということで、内容には自分で制約も設けた。

しかし妻にしてみれば、かたちだけの、どこにでもあるような、内輪の自分たちのためだけの作品など、読みたくなかったに違いない。小説書きである私が、外から来る仕事を最小限にして原稿用紙に向かっている以上、出てくるものは外部にも通用するちゃんとした作品でなければならない、そのつもりで書かれたものだから読む――ということでなければならなかったのである。〝慰め〟ではなく〝仕事〟であるべきだったのだ。だから、これでは他の人にわからないのではないか、というような話が出てくると、文句をつけた。指摘を受けた私は、新しく想を練ったり表現を変えたりして、書き直したのである。

その意味で、「妻ひとりのために」は事実ながら、事実のすべてではないのだ。

とはいうものの、現実には、まず読んでくれるのは妻ひとりであった。長いこと一緒に暮らしてきた妻と私の間には、暗黙の合意もあれば意見をことにする事柄もある。それらを承知の上で、妻を標的にして書くとなれば、当然ながら他の人の誰にも面白いものになるとは限らない。元来が、小説や物語なんて、読者一人ひとり受けとめ方が違うものだ。その上にさらに、妻を意識して書いたとなると（もともと私の書くもの自体に癖があるのだから）他人様の受けとめ方の差異は、うんと広がるわけである。

実際、書いたものが本になり、いろんな方が目を通して下さる段になって、私はそのことを今更ながら思い知らされることになった。

パンチが弱いとか、日常的で飛躍性に乏しい——との感想を述べた人も、何人かいた。しかし逆に、ああいうのがいいとよろこんでくれた人が結構いたのも、本当である。これまでの私の読者で積極的に支持してくれた例も少なくなかったけれども、それだけではなく、新しく関心を持ってくれる人も出てきたのだ。その多くは、私や妻に近いか、それより上の年齢で、しかも文芸とはあまりかかわりがなく実生活の中に生きている人々だった。自分の経験を通じての所感、実生活の中での気持ちをもとに、うんうんと頷いてくれたようである。

右は、妻以外の、妻の後で読むことになった人々についてである。

その当の妻がどうであったかとなると、こちらの思惑通りに運んだわけではなかったのだ。

書いたものに対しての妻の反応が、必ずしも予期した通りではなかった――とは、すでにしるしたが、妻に読んでもらうために、妻の心理も考えながら書いたのに、しばしば外れたのである。

私たちの結婚生活は長かった。初期にはしょっちゅう喧嘩をしたものの、年月のうちに、ああそうか、あれはそういうことだったのかと思い当たったり、あれを言いだすかなと思っているとその通りになったり、で、だんだんお互いにわかるようになっていった。世の夫婦がおおむねたどるであろう道のりを、私たちもたどっていたようである。従って、ある程度は気持ちも察することができるようになっていた……そのつもりであった。

それが、毎日一話書いて読んでもらっているうちに、本当にそうだったのかなあ、と、ときどき思うようになったのだ。たしかに、アバウトにはわかっていても、思わぬところで違っているのかもしれない、と感じたりしたのである。元来が、共に暮らす夫婦といっても、実際はそういうものであろう。それが、こうしたぎりぎりの状況になってきたために、目に見えてきた、ということであろうか。

一日一話にしても、実のところ妻には迷惑だったのではないか？

一日一話のことのみならず、ひとつひとつ記憶がよみがえるたびに、あのとき、ああすればよかったのではないか、こうすればよかったのではないか、との悔いが出てきて、しかも、何が正解だったのか、いまだにわからないのである。そして今となっては、たしかめるすべもない。

だが。

私は癌になった当人ではなかった。

その私が、妻の心境をいくら推察しようとしても、本当のところがわかるはずがないのだ。

そして……私は思うのである。人と人がお互いに信じ合い、共に生きてゆくためには、何も相手の心の隅から隅まで知る必要はないのだ。生きる根幹、めざす方向が同じでありさえすれば、それでいいのである。私たちはそうだったのだ。それでいいのではないか。

間もなく妻の三回忌だ。

毎日短い話を書いたことについても、自分にはそれしかできなかったのだ、と現在の私は考えることにしている。

そしてその五年間は、私たち夫婦にとっても、また私自身の物書きとしての生涯の中でも、画然とした一個の時期であり、ただの流れ行く年月ではなかったのである。

妻へ――読んでくれて、ありがとう。

最後になりましたが、ここで、この本を出すにあたって種々ご指摘・ご指示を下さった新潮新書の編集部、それに亡妻悦子と私のことでさまざまにお世話頂きご心配をかけた多くの方々、そして娘村上知子に、厚くお礼申し上げるしだいです。

平成十六年五月　　　眉村　卓

2001（平成13）年９月18日、東京會舘での著者夫妻
（井上和博氏撮影）

◆記録――1997〜2004年

年	眉村卓・悦子夫妻　出来事
1997（平成9年）	6／12―7／2　悦子夫人、入院、手術
	7／16　ショートショート書き始め（No.1「詰碁」）
	8／19　一家で白浜へ旅行
1998（平成10年）	5／20『日がわり一話』（出版芸術社）刊行
	8／16　一家で白浜へ旅行
	9／18『日がわり一話・第2集』刊行
1999（平成11年）	5／20―26　夫妻、英国へ旅行
	7／1　悦子夫人、切除手術
	8／23―9／22　悦子夫人、入院、手術

２０００（平成12年）	８／８	『日課・一日3枚以上』第一巻刊行
	10／７	一家で伊豆・下田へ旅行
２００１（平成13年）	３／21―28	悦子夫人、入院
	９／18	「眉村卓・悦子夫妻を励ます会」（東京會舘）
２００２（平成14年）	４／15	悦子夫人、入院
	５／28	悦子夫人、死去
	同日	ショートショートNo.１７７８「最終回」執筆
２００４（平成16年）	５／20	『妻に捧げた１７７８話』（新潮新書）刊行
	５／28	悦子夫人、三回忌

眉村卓　1934（昭和9）年、大阪市生まれ。本名・村上卓児。大阪大学経済学部卒業。小説家、大阪芸術大学教授。作品に『なぞの転校生』『ねらわれた学園』『消滅の光輪』『時空の旅人』などがある。

Ⓢ新潮新書

069

妻《つま》に捧《ささ》げた1778話《わ》

著者　眉村《まゆむら》 卓《たく》

2004年5月20日　発行
2018年1月20日　18刷

発行者　佐藤隆信
発行所　株式会社新潮社
〒162-8711　東京都新宿区矢来町71番地
編集部(03)3266-5430　読者係(03)3266-5111
http://www.shinchosha.co.jp

印刷所　株式会社光邦
製本所　株式会社植木製本所

ISBN978-4-10-610069-7　C0295